우리 신화

이야기가 술술

우리 신화

우리누리 글 • 김미정 그림

주니어중앙

어린이가 꿈을 키우는 터전

꿈 많은 어린 시절엔 장대한 역사와 위대한 문화유산에 관한

책을 읽는 것이 좋다.

거기에는 어린이가 꿈을 키우는 터전이 있기 때문이다.

감수성 예민한 어린 시절엔 흥미로운 그림을 통하여

재미있게 이야기를 풀어간 책이 좋다.

그것은 시각적 인식을 통해 어린이의 상상력을 자극하기 때문이다.

『오십 빛깔 우리 것 우리 얘기』는 이런 필요조건을 갖춘

고급 어린이 교양도서라 할 만한 것이다.

유홍준
(전 문화재청장, 현 명지대 교수,
『나의 문화유산 답사기』 저자)

● 전래놀이, 풍속과 관련된 수업에 활용하고 있습니다. 옛 풍속과 관련해서 요즘에는 잘 사용하지 않는 용어들이 있어서 아이들이 어려워하는데, 이 책에는 사진 자료와 함께 쉽고 정확하게 설명이 되어 있어 아이들이 이해하기 쉽게 되어 있습니다. — 손영수 선생님(가사초등학교)

● 아이들이 우리의 전통문화를 쉽게 접할 수 있도록 도움을 주는 소중한 자료입니다. 우리 학교의 독서 퀴즈 대회에서 매년 사용하는 책이랍니다. — 성주영 선생님(도당초등학교)

● 우리의 옛 풍습과 문화, 관혼상제 등에 대해 자세히 설명되어 있어 수업을 하기 전에 미리 읽어 오라고 하는 도서입니다. — 전은경 선생님(용산초등학교)

● 우리의 문화와 역사를 등학생들이 이해하기 쉽도록 재미있는 옛이야기로 풀어낸 점이 가장 마음에 듭니다. 초등 교과와 연계된 부분이 많아 학교 수업에 많이 활용하는 도서입니다. — 한유자 선생님(삼일초등학교)

김임숙 선생님(팔달초)	조윤미 선생님(화양초)	이경혜 선생님(군포초)	염효경 선생님(지동초)
오재민 선생님(조원초)	박연희 선생님(우이초)	박혜미 선생님(대평중)	이진희 선생님(수일초)
최정희 선생님(온곡초)	정경순 선생님(시흥초)	박현숙 선생님(중흥초)	김정남 선생님(외동초)
이광란 선생님(고리울초)	김명순 선생님(오목초)	신지연 선생님(개포초)	심선희 선생님(상원초)
문수진 선생님(덕산초)	정지은 선생님(세검정초)	정선정 선생님(백봉초)	김미란 선생님(둔전초)
김미정 선생님(청덕초)	조정신 선생님(서신초)	김경아 선생님(서림초)	김란희 선생님(유덕초)
정상각 선생님(대선초)	서흥희 선생님(수일중)	윤란희 선생님(안산시근로자시민문화센터어린이도서관)	

『오십 빛깔 우리 것 우리 얘기』 시리즈가 처음 출간된 지 어느덧 16년이 되었습니다. 그동안 수많은 어린이와 부모님, 그리고 선생님들의 사랑을 받으며 전 50권이 완간되었고, 어린이 옛이야기 분야의 고전(古典)이자 스테디셀러로 굳건히 자리매김해 왔습니다.

이 시리즈는 '소중히 지켜야 할 우리 것'에 대한 이야기를 어린이를 위해 '쉽고 재미있게' 풀어쓴 책입니다. 내용으로는 선조들의 생활과 풍습 이야기, 문화재와 발명품 이야기, 인물과 과학기술·예술작품 이야기, 팔도강산과 고유 동식물 이야기 등 우리나라 역사와 전통문화 모든 영역을 총망라하고 있습니다. 그리고 이를 50가지 주제로 엮어 저학년 어린이도 얼마든지 볼 수 있도록 맛깔나는 옛이야기로 담아냈습니다. 장대한 역사와 위대한 문화유산을 배우기에 옛이야기만큼 좋은 형식도 없기 때문입니다.

대한민국 국민으로서 알아야 하고 전해야 할 우리 것, 우리 얘기는 아주 많습니다. 그동안 이 시리즈를 통해 많은 어린이가 우리 것을 알게 되고, 우리 얘기를 사랑하게 되었을 것입니다. 시간이 흘러도 역사와 전통문화의 향기는 변하지 않기 때문입니다.

하지만 저희는 그 향기를 담아내는 그릇이 그간 색이 바래고 빛을 잃었다는 사실에 가슴이 아프고 안타까웠습니다. 그래서 책에서 전하는 우리 것의 향기를 오롯이 담아낼 수 있는 새로운 그릇을 찾고자 하였습니다. 그 그릇을 통해 향기가 더욱 그윽해지고 멀리까지 퍼져서, 수백 년 수천 년 전의 우리 것이 오늘날에도 살아 숨 쉴 수 있도록 생명력을 주고자 하였습니다.

이에 몇 가지 원칙을 가지고 『오십 빛깔 우리 것 우리 얘기』 시리즈를 새롭게 출간하게 되었습니다.

◎ 원작이 가지는 옛이야기의 맛과 멋을 그대로 살렸습니다.

◎ 요즘 독자들의 감각에 맞추어 디자인과 그림을 50권 전권 전면 개정하였습니다.

◎ 교과 학습의 길잡이가 될 수 있도록 연계 교과를 표시하였습니다.

◎ 학습정보 코너는 유익함과 재미를 함께 줄 수 있도록 4컷 만화, 생생 인터뷰,
  묻고 답하기 등으로 내용을 재구성하였고, 최신 정보와 사진을 수록하였습니다.

◎ 도표, 연표, 역사신문, 체험학습 등으로 권말부록을 풍성하게 꾸며서
  관련 교과 학습을 강화하였습니다.

이 책을 처음 읽었을 8살 꼬마 독자는 지금쯤 나라와 민족에 긍지를 가진 25살 자랑스러운 대한민국 청년이 되었을 것입니다. 그 청년이 부모가 되어서도 자녀에게 다시 권할 수 있는 그런 책이 되기를 바라며, 이 시리즈를 오십 빛깔 그릇에 정성껏 담아 내어놓습니다.

주니어중앙

신비롭고 재미있는 우리 신화

요즈음은 여러 곳에서 신화를 만날 수 있어요. 그림책이나 소설책은 물론 신화를 주제로 한 영화나 온라인 게임도 많지요. 또 신화를 전문적으로 연구하는 학자들도 있고요.

이렇게 신화에 대한 관심이 높은 것은 왜일까요?

신화 속에는 이 세상이 어떻게 만들어졌는지, 사람은 왜 태어나고 꼭 죽어야만 하는지 등에 대한 옛사람들의 생각이 담겨 있어요. 또 신화 속 주인공들이 겪는 모험 속에는 옛사람들이 고단한 삶을 살아내면서 깨달았던 지혜가 녹아 있지요. 결국 신화는 옛사람들이 오늘을 사는 우리에게 주는 지식과 지혜의 종합선물세트라고 할 수 있답니다.

신화에는 한 나라가 어떻게 세워졌는지에 대한 '건국 신화', 한 가문의 시

적과 업적을 다룬 '시조 신화', 또 오랜 시간 사람들의 입을 통해 전해져 오는 '구전 신화' 등이 있어요.

이 책에서는 그 가운데 우리나라 구전 신화를 중심으로 이야기를 다루었어요. 자신을 버린 부모님을 살리기 위해 저승까지 다녀온 바리데기 이야기, 자신의 힘으로 운명을 개척한 자청비 이야기, 심보 고약한 흑룡을 물리치고 마을을 지켜낸 백두산 백장수 이야기까지 무궁무진한 모험 속에서 흥미로운 이야기가 펼쳐진답니다.

자, 이제 알수록 신비롭고 볼수록 재미있는 우리 신화의 세계로 떠나 볼까요? 호기심 많은 백두 낭자와 지혜가 번뜩이는 한라 도령과 함께 말이에요.

어린이의 벗 우리누리

차 례

마마신 손님네

옛날 강남 대왕국이라는 아주 큰 나라에 손님네들이 살았어. 손님네는 이집저집을 다니며 아이들에게 마마를 앓게 하는 마마신이야. 마마는 오늘날 천연두라고 부르지.

손님네들은 풀로 지은 밥에 냄새가 나는 채소를 먹고 살았대. 우리나라에서는 쌀밥이니 오곡밥이니 차진 밥을 지어 먹고, 참나물이니 취나물이니 온갖 향긋한 산나물을 무쳐 먹고 삶아 먹고 살았는데 말이야.

어느 날 문반 손님, 호반 손님, 각시 손님 이렇게 세 명의 손님네들이 우리나라에 놀러 왔어. 경치 좋고 사람 좋고 먹을 것 많다는 소문을 듣고 한번 살펴나 보자고 온 거야.

하루는 손님네들이 캄캄한 밤에 길을 가다 잠도 자야겠고 배도 고파서 어느 집 문을 두드렸어. 그런데 이 집은 바로 인심이 아주 고약하기로 소문난 김 부자네 집이었지.

"이리 오너라!"

문반 손님이 문을 두드리자, 김 부자가 안에서 소리쳤어.

"이 밤에 누구요?"

"우리는 강남 대왕국에서 온 손님네들인데, 이 집에서 하룻밤만 쉬어 갔으면 하오."

"손님네고 뭐고, 우리 집에는
방은 많으나 빈대와 벼룩이 많아 도저히
사람을 재울 수 없소!"
문반 손님의 말에 김 부자가 버럭 화를 냈어. 그 말에 손님네들
은 할 수 없이 그 자리를 떴어.
손님네들은 다리도 아프고 배도 고픈 것을 참으며 계속 길을
갔어. 그렇게 한참을 가다 보니 작은 오두막 안에서 불빛이 새어
나오는 것이 보였어. 바로 노고 할미의 오두막이었지.
"안에 누구 계십니까?"
호반 손님이 문을 두드리는 소리에 바느질하던 노고 할미가 나
왔어.
"에고, 아직 외상값 갚을 돈을 마련하지 못했다오."
노고 할미가 미안해하며 말했어. 노고 할미는 손님네들이 며
칠 전 외상으로 가져다 신은 짚신 값을 받으러 왔다고 생각했던
거야.
"우리는 강남 대왕국의 손님네들입니다. 괜찮으시다면 하룻밤
쉬어 가게 해 주십시오."
각시 손님의 말에 노고 할미는 깜짝 놀랐어.

"이렇게 귀한 분들을 몰라보다니! 그런데
집이 너무 누추해서 어쩌나. 예서 잠깐만 기다리세요."
　노고 할미는 얼른 방으로 뛰어들어가 방을 치우기 시작했어.
한데 노고 할미가 빗자루를 쓸 때마다 빈대랑 벼룩이 사방에서
툭툭 튀어 오르는 거야. 벽은 또 얼마나 낡았는지 건드리지 않아
도 저절로 흙이 줄줄 흘러내렸지.

그래도 손님네들은 노고 할미의 정성이 기특해서 고마운 마음으로 방에 들어가 앉았어.

"미안하지만, 혹시 밥 좀 남은 게 있으면……."

문반 손님의 부탁에 노고 할미는 더욱더 어쩔 줄 몰라하며 말했어.

"조금만 기다리시면 뭐라도 좀 올리겠습니다."

노고 할미는 황급히 부엌으로 갔어. 하지만 쌀독에는 쌀이 한 톨도 없었지. 그래서 노고 할미는 김 부자네 집으로 달려갔어.

"김 부자님, 일 년 열두 달 내내 방아품을 팔아서 갚을 테니 벼 한 말만 빌려 주세요."

노고 할미가 간곡하게 부탁했지만 김 부자는 콧방귀를 뀌었어.

"할멈이 무슨 수로 일 년 내내 방아를 찧겠소. 쓸데없는 말 말고 돌아가시오!"

김 부자 말에 노고 할미는 빈손으로 돌아올 수밖에 없었어. 그러자 김 부자의 아내가 따라나오며 노고 할미를 불렀어.

"할멈, 이거라도 좋다면 가져가세요. 내일 아침 닭 모이로 줄 것인데 반은 쥐똥이어도 반은 싸라기예요. 좋은 걸 드리고 싶어도 영감 눈이 무서워서……."

　노고 할미는 그거라도 어디냐 싶어 인사를 하고는 허둥지둥 집
으로 달려왔어. 그리고는 방아를 찧어 얼른 밥을 해서 손님네들
에게 대접했어. 비록 반찬은 달랑 짠 간장 하나였지만 손님네들
은 고마워하며 맛있게 밥을 먹었어.
　다음 날 각시 손님이 말했어.

“할멈, 우리가 뭐라도 보답을 하고 싶은데, 혹시 손자 손녀가 있으면 데려오세요.”

“우리 손녀 말고, 제가 젖어미로 열다섯 살이 되도록 키운 김 부자네 삼대독자 철현이 도련님을 보살펴 주세요.”

노고 할미의 말에 손님네들이 흔쾌히 철현이를 데려오라 했어.

노고 할미는 부리나케 김 부자네로 달려갔어. 하지만 이번에도 김 부자는 불같이 화를 내며 노고 할미를 쫓아냈어.

“손님넨지 뭔지가 뭐라고 우리 귀한 철현이를 함부로 오라 가라 하느냐!”

결국 노고 할미는 세 살 된 손녀를 데리고 손님네들에게 돌아 갔어. 손님네들은 노고 할미의 손녀가 마마를 아주 살짝만 앓게 해 주었지. 이렇게 하면 다시 마마에 걸리지 않거든.

한데 손녀가 마마를 살짝 앓고 나자, 노고 할미는 고민에 빠졌 어. 마마를 앓은 뒤에 하는 손님 배송굿을 해 주고 싶었거든. 그 래야 손녀가 인물도 더 고와지고 더 오래 살 테니까.

그러자 노고 할미의 마음을 알아챈 호반 손님이 말했어.

“할멈, 이 돈으로 정성껏 음식을 장만해 배송굿을 하세요.”

노고 할미는 크게 고마워하며 무당을 불러다 배송굿을 했어.

한편 김 부자네 집에선 난리가 났어. 배송굿을 하는 날, 김 부자가 노고 할멈 집에 가 손님네들에게 막말을 하여 손님네들을 화나게 했거든.

김 부자는 철현이를 깊은 산속 절에 숨기느라, 또 골목골목에 고추로 불을 피우느라, 온종일 정신이 없었지.

"깊은 산속에 있는 철현이를 손님네들이 어찌 찾아내겠소. 걱정하지 마시오."

김 부자가 부인을 달랬어. 하지만 손님네들이 얼마나 무서운지 김 부자는 몰랐던 거야.

손님네들은 철현이가 숨어 있는 절에 김 부자 부인으로 변신하고 찾아가 철현이를 집으로 데려왔어. 그러고는 대문간에 들어서자마자 종아리를 힘껏 세 대나 때렸어. 그러고도 모자라 은침 다섯 단을 뼈 마디마디에 꽂았지.

그러자 철현이는 마당을 데굴데굴 구르며 아파 죽겠다고 울음을 터뜨렸어. 이를 본 김 부자 부부는 깜짝 놀라 뛰어나왔어.

"아니, 철현아! 절에 있어야 할 네가 여기는 웬일이냐?"

하지만 철현이는 너무 아파 아무 말도 할 수 없었어.

"아무래도 손님네들 때문인 것 같으니 손님네들에게 용서를 비세요. 어서요! 이러다 우리 철현이가 죽겠어요!"

김 부자의 부인이 눈물까지 흘리며 애원했어.

김 부자도 어쩔 수 없이 손님네들에게 빌었어. 하지만 내키지 않는 듯 반말로 이렇게 말했어.

"우리 철현이를 살려 주면 송아지를 잡고 좋은 술을 빚어 손님네들을 대접하겠다!"

그러자 손님네들은 서로 머리를 맞대고 의논했어. 김 부자가 버릇이 없긴 했지만, 그나마 이렇게라도 잘못을 비니 용서해 주기로 했지.

문반 손님이 철현이 몸을 한 번 쓸어 주자 철현이는 곧바로 자리를 툭툭 털고 일어났어. 그러자 김 부자의 부인이 손님네들에게 인사를 하며 말했어.

"고맙습니다. 손님네들 덕분에 우리 철현이가 무사히 살아났으니 송아지를 잡고 떡과 술을 장만하여 정성껏 올리겠습니다."

그러자 김 부자가 버럭 화를 냈어.

"송아지는 무슨 송아지! 떡도 술도 필요 없고 그저 먹다 남긴 밥이나 한 덩이 싸 가든지 말든지!"

김 부자의 말을 들은 손님네들은 어이가 없었어. 그래서 인심 고약하고 못된 김 부자를 혼내 주기로 했어. 철현이를 죽여 잡아 가기로 한 거야. 그러자 철현이가 울면서 말했어.

“돈 아끼려고 자식을 죽게 만들다니요? 나는 부모 잘못 만나 손님네들을 따라 떠납니다!”

그러고는 곧 숨을 거두었어.

“아이고, 귀한 내 자식아! 하나밖에 없는 네가 죽으면 난 어찌 살란 말이냐!”

김 부자의 부인이 죽은 철현이를 안고 눈물을 철철 흘렸어. 하지만 아무리 울어도 철현이는 다시 살아나지 않았지.

결국 철현이는 다른 집안에 다시 태어나는 것도 싫다고 하면서 손님네들의 막둥이가 되었어.

그 뒤 손님네들은 삼 년 동안 우리나라 방방곡곡을 돌며 아이들에게 마마를 가볍게 앓게 해 주거나 건강하게 오래오래 살면서 많은 복을 받도록 빌어 주었대.

아이들이 가장 무서워한 신

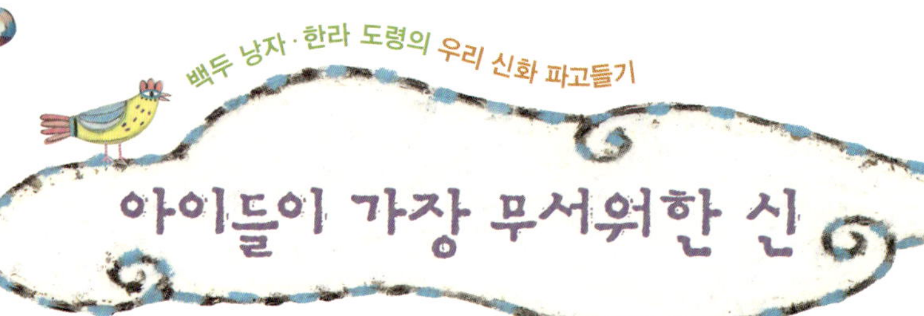

옛날에는 아이들의 아버지가 세 명이라고 생각했어요. 아이들을 낳아 준 아버지, 아이들이 무사히 태어나 건강하게 잘 자라도록 돌봐 주는 삼신 제왕, 그리고 마마를 앓게 하는 손님네, 이렇게 세 명이었지요.

그 중 손님네는 아이들에게는 가장 무서운 아버지였어요. 삼신 제왕이 아무리 곱게 길러 놓은 아이라도 손님네가 심술을 부리면 얼굴이 울퉁불퉁 얽은 곰보가 되기 일쑤였거든요. 나이가 어릴수록 마마로 죽는 경우도 많았고요. 사람들은 아이가 언청이로 태어나거나 다리를 절어도 모두 손님네의 심술 때문이라고 생각할 정도로 손님네를 무서워했어요.

그래서 우리 조상들은 마마를 손님이라고 불렀어요. 집에 온 특별한 손님일수록 온갖 정성을 다해 모셔야 하니까요. 게다가 손님은 오래도록 함께 사는 게 아니라 잠시 머물고 떠나기 때문에, 마마도 잠시만 앓길 바라는 마음에서 그런 이름으로 불렀지요.

마마는 손님마마, 별상애기, 별상마마 등으로 불렸어요. 마을의 한 사람이 앓기 시작하면 온 마을에 환자가 생긴다고 하여 '호구'라고 부르기도 했지요.

아이가 마마를 앓기 시작하면 사람들은 손님네에게 자비를 베풀어 가볍게 마마를 앓게 해 달라고 빌었어요. 그리고 마마를 다 앓고 나면 마마신, 그러니까 손님네를 보내는 굿을 했는데, 이를 '손님굿' 또는 '배송굿'이라고 해요.

손님굿은 마마를 앓은 뒤 12일째 되는 저녁에 환자의 집에서 벌여요. 굿을 하면서 손님네 인형을 쑥으로 만든 말에 태워 보내는데, 그때 마부는 남자가 맡아야 하지요. 이렇게 정성을 다해 굿을 치르면 손님네가 질병을 없애 줄 뿐 아니라 부자가 되게도 해 준다고 믿었답니다.

호구 아씨 민속화

가믄장 아기

옛날 옛적에 남의 집 품팔이를 하면서 그럭저럭 살아가는 부부가 있었어. 그런데 첫째 딸을 낳고 보니 그나마 남아 있던 돈과 음식까지 다 바닥이 났지 뭐야. 아기에게 먹일 젖조차 나오지 않아 굶겨 죽일 판이었지. 그래서 보다 못한 마을 사람들이 은그릇에 미음을 쒀 아기에게 먹여 주었어. 이름을 '은장 아기'라고 부르면서 말이야.

은장 아기가 태어난지 두 해가 지나자 부부에게 또 딸이 태어났어. 마을 사람들은 놋그릇에 미음을 쒀 아기에게 먹여 주었어. 그러고는 이름을 '놋장 아기'라고 지어 주었지.

그런데 두 해가 지나자 부부가 또 딸을 낳았어. 이번에도 마을 사람들이 미음을 쒀 아기에게 먹여 주었지만, 이번에는 은그릇도 놋그릇도 아닌 나무바가지에 담아 왔어. 그리고 이름도 '가믄장 아기'라고 불렀어.

그런데 가믄장 아기가 태어나자 입에 풀칠도 못하고 살던 부부에게 갑자기 좋은 일이 줄지어 생겼어. 재산도 눈덩이처럼 불어나 그 동네에서 가장 큰 부자가 된 거야.

세월이 흘러 가믄장 아기가 열다섯 살이 되었어. 어느 날 부부가 세 딸을 불러 놓고 물었어.

“우리 큰딸 은장 아기야, 너는 누구 덕에 먹고 입고 사느냐?”

그러자 은장 아기가 대답했어.

“그야 모두가 부모님 은덕이지요.”

그러자 부부는 흡족해하며 둘째 딸에게 물었어.

“우리 둘째 딸 놋장 아기야, 너는 누구 덕에 먹고 입고 사느냐?”

“그야 모두 부모님 은덕입니다.”

놋장 아기도 다소곳하게 대답했어.

부부는 흡족해하며 마지막으로 물었어.

“우리 막내딸 가믄장 아기야, 너는 누구 덕에 먹고 입고 사느냐? 어서 말해 보아라”

가믄장 아기가 대답했어.

“그 모두가 부모님의 은덕이기도 하지만, 저는 제 복에 먹고 입고 삽니다.”

가믄장 아기의 대답을 들은 부부는 펄쩍 뛰었어.

“낳아 주고, 먹여 주고, 입혀 주고, 재워 주었더니 그 은공도 모르는구나! 너는 집을 떠나거라. 집을 나가서도 네 덕에 잘 먹고 잘살지 어디 두고 보자!”

그러면서 부부는 가믄장 아기를 쫓아냈어.

"아버님, 어머님, 그럼 부디 잘살고 계십시오."

가믄장 아기는 큰절을 올리고 집을 떠났어.

한데 막상 떠나는 가믄장 아기의 뒷모습을 보니 어머니는 안쓰러운 마음이 들었어. 그래서 은장 아기를 불러 일렀어.

"어서 나가 가엾은 우리 막내딸 식은 밥에 물이라도 말아 먹고 가라 해라."

“네, 어머니.”

하지만 은장 아기는 가믄장 아기를 뒤따라가다가 노둣돌 위에서 이렇게 말했어.

“불쌍한 내 동생아, 어서 빨리 도망가렴. 아버지, 어머니가 너를 때리러 쫓아 나오신다!”

그러자 가믄장 아기가 대답했어.

“불쌍한 우리 큰언니, 노둣돌 아래로 내려서면 푸른 지네로 변할 거예요!”

가믄장 아기의 말이 끝나자마자 은장 아기가 노둣돌 아래로 내려섰어. 그 순간 은장 아기는 푸른 지네로 변하고 말았지.

그런데 은장 아기가 나가 돌아오지 않자, 어머니가 놋장 아기를 불러 말했어.

“어서 나가 가엾은 우리 막내딸 식은 밥에 물이라도 말아 먹고 가라 해라.”

“네, 어머니.”

하지만 놋장 아기는 가믄장 아기를 뒤따라가다가 거름 위에서 이렇게 말했어.

“불쌍한 내 동생아, 어서 빨리 도망가렴.

아버지, 어머니가 너를 때리러 쫓아 나오신다!"

그러자 가믄장 아기가 대답했어.

"불쌍한 우리 작은언니, 거름에서 내려서자마자 용달버섯으로
변할 거예요!"

가믄장 아기의 말이 끝나자마자 놋장 아기는 밟고 섰던
거름에서 내려섰어. 그리고 그 순간 용달버섯으로
변하고 말았지.

　부부는 은장 아기와 놋장 아기를 종일 기다렸어. 하지만 해가 지도록 돌아오지 않자 둘을 찾아 나섰어. 한데 문지방을 넘다 넘어지는 바람에 그만 둘 다 장님이 되고 말았어. 그 뒤 모아 둔 돈도 다 써 버리고 다시 거지가 되고 말았지.

　한편 집에서 쫓겨난 가믄장 아기는 고개를 넘고 넘었어. 그러다 날도 저물고 발도 아파 쉴 곳을 찾았지. 때마침 허름한 오두막집을 본 가믄장 아기는 그 집에서 하룻밤 신세를 지기로 했어.

“지나가는 사람인데 하룻밤 묵어갈 수 있을까요?”

가믄장 아기의 말에 집주인이 말했어.

“우리 집엔 아들만 삼 형제가 있어 묵을 방이 없습니다. 혹시 부엌이라도 좋다면 그렇게 하시지요.”

“네, 고맙습니다.”

가믄장 아기는 부엌에 들어가 지친 몸을 웅크리고 앉았어. 그런데 갑자기 우당탕 소리가 들리더니 그 집 큰아들이 화를 내는 소리가 들렸어.

"죽어라고 마를 파다 배부르게 먹였더니, 어머니, 아버지는 낯선 계집애나 집에 들여 놓고 있소?"

그런데 또 우당탕 소리가 들리더니 둘째 아들이 화를 내는 소리가 들렸어.

"죽어라고 마를 파다 배부르게 먹였더니, 어머니, 아버지는 낯선 계집애나 집에 들여 놓고 있소?"

잠시 뒤 또다시 우당탕 소리가 들렸어. 하지만 이번에는 막내아들의 즐거운 웃음소리가 들렸어.

"좀처럼 사람 구경을 하기 힘든 집에 손님이 오셨구나! 앞으로 우리 집에 좋은 일이 생기겠어!"

가믄장 아기는 막내아들의 말에 살며시 웃음을 지었어.

삼 형제는 부엌으로 들어와 마를 삶았어. 그런데 큰아들은 마의 양 끝을 떼어 부모님에게 드리고, 가운데 맛있는 부분은 자기가 다 먹었어. 둘째 아들도 마찬가지였지. 한데 막내아들은 마를 푹 삶아 가운데 부분은 부모님에게 드리고 자기는 꼬리를 먹는 거야.

삼 형제가 하는 행동을 가만히 지켜보고 있던 가믄장 아기는

막내아들에게 시집을 가기로 했어. 물론 막내아들 역시 흔쾌히
가믄장 아기를 색시 삼기로 했지. 그래서 그날 밤 둘은 찬물 한
그릇을 떠놓고 달빛 아래에서 결혼식을 올렸어.

　다음 날 가믄장 아기는 막내아들에게 마 파던 곳을 보여 달라
고 했어. 그래서 막내아들은 가믄장 아기를 데리고 마 파던 곳으
로 갔지. 한데 이게 무슨 일인지, 자갈인 줄 알고 던져 버린 것이

모두 금덩이, 은덩이로 변해 있는 거야. 이렇게 가믄장 아기와 막내아들은 하루아침에 큰 부자가 되었지.

부자로 잘살던 어느 날, 가믄장 아기는 거지들을 위해 잔치를 열었어. 거지가 되어 이 골목 저 골목을 헤매고 있을 부모님을 찾기 위해서였지.

거지 잔치가 열렸다는 소문에 온 나라 거지들이 다 모여들었어. 가믄장 아기는 돈이든 물이든 밥이든 거지들이 원하는 건 뭐든지 해 주었어.

거지 잔치를 연 지 백 일째 되던 날, 장님 거지 부부가 가믄장 아기의 집으로 들어왔어. 지팡이로 더듬더듬 땅을 짚으며 들어오는 거지 부부를 보자 가믄장 아기가 머슴을 불러 조용히 일렀어.

"저 두 분은 다른 분들이 모두 돌아간 뒤까지 모셔 두었다가 안방으로 모셔라."

머슴은 다른 거지들이 모두 돌아간 뒤 안방으로 장님 거지 부부를 데리고 왔어.

"옛날이야기 좀 해 주십시오."

가믄장 아기의 말에 남편 거지가 말했어.

"아는 옛날이야기가 없습니다."

"그럼 살면서 들은 이야기라도 해 주세요."

"살면서 들은 이야기도 없습니다."

"그럼 살아온 이야기라도 해 주세요."

가믄장 아기의 말에 부부는 울면서 이야기했어. 가믄장 아기를 내쫓은 뒤 은장 아기, 놋장 아기도 사라지고, 둘은 장님 거지가 되어 이리저리 떠돌게 된 사연을 이야기했지. 그러자 가믄장 아기가 부부의 잔에 술을 넘치도록 부으면서 말했어.

"가엾은 어머니, 아버지. 제가 바로 가믄장 아기예요."

그 말에 부부는 깜짝 놀라 술잔을 떨어뜨렸어. 그러고는 보고 싶었던 가믄장 아기의 얼굴을 보려고 눈을 마구 비볐지. 그러다 갑자기 부부가 함께 소리쳤어.

"아이고, 불쌍한 내 딸아! 이제 네가 보이는구나!"

"나도 네가 보인다! 가믄장 아기야, 우리를 용서해 주렴."

"이제야 아버님, 어머님을 찾아뵙는 저를 용서해 주세요."

가믄장 아기는 부모님의 손을 맞잡으며 기뻐했어. 그 뒤 가믄장 아기는 부모님을 모시고 오래오래 행복하게 잘살았대.

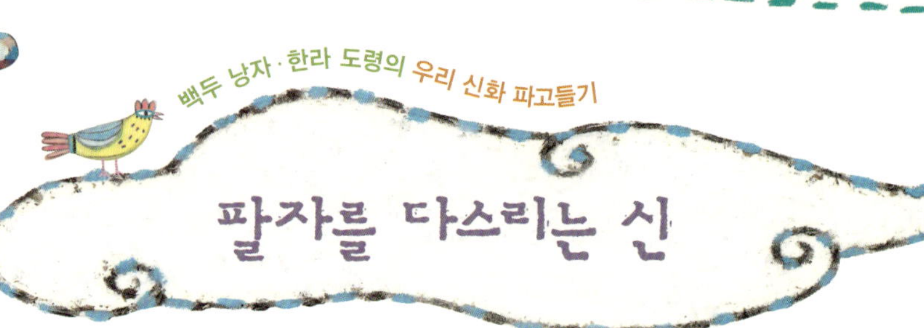

팔자를 다스리는 신

신화는 사람들이 살면서 누구나 궁금해 하는 것들에 대한 대답이기도 해요. '이 세상은 어떻게 생겨났을까?', '사람은 왜 병들고 죽을까?' 하는 궁금증이나, '왜 나는 더 큰 부자가 되지 못하지?', '누구는 아들만 열 명인데 왜 나는 딸만 일곱 명일까?' 같은 불만을 신화로써 풀고자 했던 것이지요.

가믄장 아기 신화에는 좋고 나쁜 일의 원인을 '팔자'에서 찾고자 했던 옛사람들의 생각이 잘 나타나 있어요. 팔자는 한평생의 운수를 뜻하지요.

가믄장 아기는 누구보다도 좋은 팔자를 타고났어요. 가믄장 아기가 태어나자마자 거지였던 부모가 큰 부자가 되었고, 집에서 쫓겨난 뒤에도 좋은 사람을 만나 결혼도 하고 부자가 되었으니 말이에요.

하지만 가믄장 아기가 팔자만 믿고 아무 노력도 하지 않았더라면 어떻게 되었을까요? 가믄장 아기의 두 언니가 고약한 마음씨 때문에 결국 푸른 지네와 용달버섯으로 변한 것처럼, 가믄장 아기도 착한 마음씨를 버리거나 어려움 앞에 포기해 버렸다면 결코 행복해질 수 없었을 거예요.

　옛사람들은 사는 게 힘들거나 괴로울 때 '이 모든 게 팔자가 사나워서 그래.' 하고 팔자 탓을 했어요. 하지만 이 말은 모든 것을 다 포기하겠다는 뜻이 아니에요. 힘들고 괴로운 상황을 현실로 받아들이기 위해 자신을 다독이고 위로하는 말이지요. 그래야 힘을 내서 살아갈 수 있으니까요.

　가믄장 아기는 자신에게 닥친 어려움을 이겨내고 행복을 얻었어요. 그리고 뒷날 팔자를 다스리는 신이 되었지요. 이 이야기는 옛날이나 지금이나 변함없는 사실 한 가지를 알려줘요. 설령 팔자가 나쁘게 태어난 것 같아도 착하고 성실하게 살아간다면 얼마든지 팔자를 고칠 수 있다는 점이지요.

제주도 풍경

바리데기

오구 대왕은 다른 것은 모두 남부러울 것이 없었지만 큰 걱정거리가 하나 있었어. 길대 부인과의 사이에서 내리 딸만 여섯을 낳은 거야.

"왕자가 없으니 장차 이 나라를 누구에게 물려준단 말이냐."

오구 대왕은 딸들을 볼 때마다 한숨을 쉬며 말했어.

"저 가운데 아들이 하나만 있었어도……."

그러던 차에 길대 부인이 또다시 아기를 가졌어. 그리고 열 달이 지나 또 딸을 낳았지.

"딸이냐, 아들이냐?"

문밖에서 초조히 기다리던 오구 대왕이 묻자 시녀가 쭈뼛거리며 대답했어.

"이번에도 공주님이옵니다."

그 말에 오구 대왕이 버럭 화를 내며 말했어.

"어찌 또 딸이 태어났단 말이냐! 그 아기를 당장 후원에 갖다 버리거라!"

시녀들은 아기를 후원에 버렸어. 그러자 까막까치들이 날아와서 날개로 아기를 포근히 감싸 주었어.

며칠 뒤 오구 대왕과 길대 부인이 정원으로 산책을 나섰을 때였어. 까막까치들이 요란하게 우는 소리를 듣고 오구 대왕이 시녀에게 물었어.

"까막까치는 좋은 소식을 전한다던데, 저편에 무엇이 있느냐?"

"까막까치들이 지난번에 버린 아기 공주님을 돌보고 있습니다."

시녀가 대답했어.

"불쌍한 내 아기, 불쌍한 내 아기……."

길대 부인이 눈물을 뚝뚝 흘렸어. 그러자 오구 대왕이 화를 내
며 말했어.

"지금 당장 옥함을 만들어 올려라. 옥함에 아기를 넣어 동해에
띄워 버리겠노라!"

"아무리 밉기로 자식을 어찌 물에 띄워 버립니까? 제발 그것만
은……."

길대 부인이 울면서 매달렸어. 하지만 오구 대왕은 결국 아기
를 옥함에 담아 동해에 버렸지.

아기를 담은 옥함은 둥실둥실 바다를 떠갔어. 그 위로는 까막까치들이 날면서 옥함을 보호했고.

세월은 흐르고 흘러 어느덧 십오 년이라는 세월이 흘렀어. 그 사이 여섯 공주는 모두 시집을 가고, 오구 대왕과 길대 부인도 늙고 병들었어. 그러자 오래전 바다에 내다 버린 막내 공주가 생각났어.

"내 어찌 그리 무정하게 자식을 버렸단 말인가?"

오구 대왕이 탄식하자 길대 부인이 눈물을 흘리며 말했어.

"이제라도 우리가 버린 아기를 찾아봅시다."

오구 대왕은 신하들에게 버려진 아기를 다시 찾아오라는 명령을 내렸어. 그러자 신하들이 모두 난감해하며 말했어.

"땅도 아니고 바다에 버린 아기 공주님을 어떻게……."

그때 한 대신이 나섰어.

"죽는 한이 있더라도 반드시 아기 공주님을
찾아오겠습니다."

그렇게 말하고 대신이 대궐을 나서는데 까막까치가 머리
를 조아리며 길을 안내했어. 대신은 까막까치를 따라 첩첩산중
을 넘고 넘어 아기 공주님이 사는 곳에 도착했어.

아기는 바리데기라는 이름으로 비리공덕 할미와 비리공덕 할
아비와 살고 있었어. 바리데기는 버림받은 아기란 뜻이야. 바닷
가에 떠내려온 옥함에서 바리데기를 본 할아비와 할미는 그동안

온갖 정성으로 바리데기를 키웠지.

"저를 버린 부모님께서 병이 깊어져 자식을 찾는답니다. 비록 자식을 버린 부모이오나, 저는 자식 된 도리를 하는 것이 옳은 일 같습니다."

"오냐, 오냐. 이제라도 부모 만나 듬뿍 사랑받고 살거라."

바리데기는 비리공덕 할미, 할아비에게 절을 하고 대신을 따라 나섰어.

바리데기가 궁궐로 돌아오자 오구 대왕과 길대 부인이 울면서 맞았어.

"불쌍한 내 아기, 그동안 어미 정이 그리워 어찌 살았니? 아비 정이 그리워 어찌 살았을까?"

그 말에 바리데기도 울면서 말했어.

"비리공덕 할미를 어미 삼아, 비리공덕 할아비를 아비 삼아 정 붙이며 살았습니다."

"오냐, 오냐, 내 새끼. 이제 다시는 헤어지지 말자꾸나."

바리데기는 모처럼 부모님의 사랑을 듬뿍 받으며 행복하게 지냈어.

하지만 이런 행복도 잠시, 오구 대왕과 길대 부인의 병이 하루가 다르게 깊어져 언제 죽을지 모르는 형편이 되었어.

"저승에 가면 병을 고칠 수 있는 약이 있긴 있습니다. 허나 이승도 아닌 저승을 누가 다녀올지……."

의원의 말에 오구 대왕이 여섯 딸을 불러 앞혀 물었어.

"너희 가운데 누가 우리를 위해 저승에 다녀오겠느냐?"

그러자 여섯 딸 모두 고개를 저었어.

"남편이 있고 자식이 있는데 어찌 목숨을 내놓고 저승으로 가겠습니까?"

그러자 바리데기가 말했어.

"전 언니들처럼 부모님의 사랑을 받으며 자라지는 못했습니다. 하지만 저를 낳아 주신 것만으로도 그 은혜를 갚을 길이 없다고 생각합니다. 제가 가겠습니다."

바리데기는 곧바로 부모님에게 인사를 드리고는 길 떠날 준비를 했어. 그러고는 떠나기 전에 언니들에게 당부했어.

"여섯 언니들, 부디 제가 올 때까지는 부모님께서 돌아가시더라도 장례식을 올리지 말아 주세요."

바리데기는 홀로 멀고 험한 길을 떠났어. 꽃길 삼천 리, 가시밭길 삼천 리를 걷고 또 걸었지.

그런데 걷고 걷다 보니 가시나무로 된 울타리에 하늘에 닿을 듯 높이 서 있는 성이 우뚝하니 앞에 버티고 있었어.

"그대는 누구이기에 사람이 못 올 곳까지 왔소?"

이 성의 주인인 신선이 문 앞에 서 있다 물었어.

"부모님의 목숨을 구하기 위해 이곳 저승까지 한달음에 왔습니다. 부디 저를 도와주십시오."

바리데기가 절을 세 번 올리며 말했어. 그러자 신선이 말했어.

"삼 년은 물 길어 주고, 삼 년은 불 때 주고, 삼 년은 나무를 베어다 주면 그리하리다."

"부모님을 위한 일이라면 무슨 일인들 못 하겠습니까. 그렇게 하겠습니다."

바리데기는 물 긷기 삼 년, 불 때기 삼 년, 나무 베기 삼 년을 했어. 그러자 신선이 말했어.

"나와 결혼하여 아들 일곱을 낳아 주오. 그럼 그대를 도와주겠소."

"부모님을 위한 일이라면 무엇인들 못 하겠습니까. 그렇게 하겠습니다."

바리데기는 신선과 결혼하여 아들 일곱을 낳아 주었어.

그러던 어느 날 은수저가 부러지는 꿈을
꾼 바리데기가 신선에게 말했어.
"부모님께서 한날한시에 돌아가신 듯합니
다. 이제는 돌아가야 하겠습니다."
"그대 긷던 물은 약수요, 베던 나
무는 뼈살이 나무와 살살이 나무였소.
모두 가지고 가오."
그러면서 신선이 말했어.
"그대 가면 일곱 아들과 나는 어떻게
하오. 우리도 그대를 따라가겠소."

이렇게 해서 바리데기는 일곱 아들을 거느리고 신선과 함께 길을 나섰어.

그런데 고향에 다다를 즈음, 큰 장례 행렬이 끝도 없이 이어지고 있는 것을 보았어. 바로 오구 대왕과 길대 부인의 장례 행렬이었지.

"여보시오, 언니들! 제가 돌아올 때까지는 장례를 치르지 말라고 그리 당부했거늘!"

바리데기는 장례 행렬을 세우고 관을 열었어. 그러고는 뼈살이 나무와 살살이 나무로 부모님의 몸을 문질렀어. 그런 뒤 마지막으로 약수를 입에 흘려 넣자, 오구 대왕과 길대 부인의 얼굴이 발그레 피가 돌면서 다시 살아났어.

"아가, 아가, 귀한 아가. 네 덕에 우리가 다시 살았구나."

길대 부인이 기뻐하며 바리데기의 손을 잡았어.

"아가, 아가, 귀한 아가. 네 덕에 살았으니 나라를 물려주랴, 금은보화를 모두 주랴."

오구 대왕도 기뻐하며 물었어.

그러자 바리데기가 거절하며 말했어.

"그저 낳아 주신 부모님의 큰 은혜를 갚은 것일 뿐입니다. 저승

에서 신선과 결혼하여 일곱 아들까지 두었으니, 저는 이제 저승
으로 돌아가겠습니다."

그러자 오구 대왕과 길대 부인이 눈물을 글썽이며 말했어.

"낳았으되 키우지 못하고, 이제 네가 우리를 살렸는데 또다시
헤어져야 하는구나. 부디 어디 가서든 행복하게 잘살아라."

바리데기는 부모님에게 마지막 인사를 올리고 저승으로 떠났
어. 그리고 그 뒤 죽은 이들을 편하게 저승으로 인도하는 일을
하면서 신선과 함께 행복하게 잘살았대.

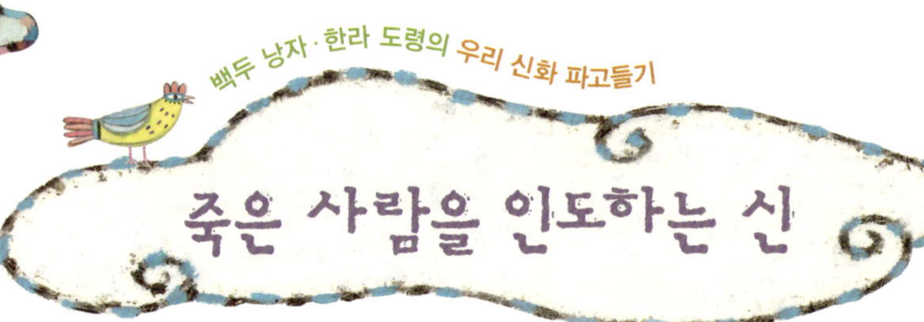

죽은 사람을 인도하는 신

우리나라 구전 신화는 대부분 무당이 하는 굿을 통해 전해 내려오고 있어요. 특히 언제부터 무당들이 이런 일을 하게 되었는지, 무당들의 조상은 누구인지 등 무당의 유래를 알려주는 신화를 '무조 신화'라고 하지요.

바리데기 이야기는 우리나라의 대표적인 무조 신화예요. 바리데기는 죽은 사람을 저승으로 인도하는 신이자, 무당들의 조상신으로 받들어지고 있어요.

바리공주 신화로도 불리는 이 이야기는 의사도 아닌 무당들이 어떻게 아픈 사람의 병을 고쳐서 살릴 수 있는지, 어떻게 상상할 수도 없는 무서운 저승 세계까지 죽은 사람을 편안히 인도할 수 있는지, 그래서 무당들이 얼마나 영험한 존재인지를 잘 보여 주고 있어요.

가엾은 바리데기는 태어나자마자 아들을 바랐던 아버지에게서 버림받았어요. 하지만 나중에 병든 아버지를 위해 죽음도 마다하지 않았지요. 그런 바리데기의 효심은 우리에게 큰 감동을 주어요.

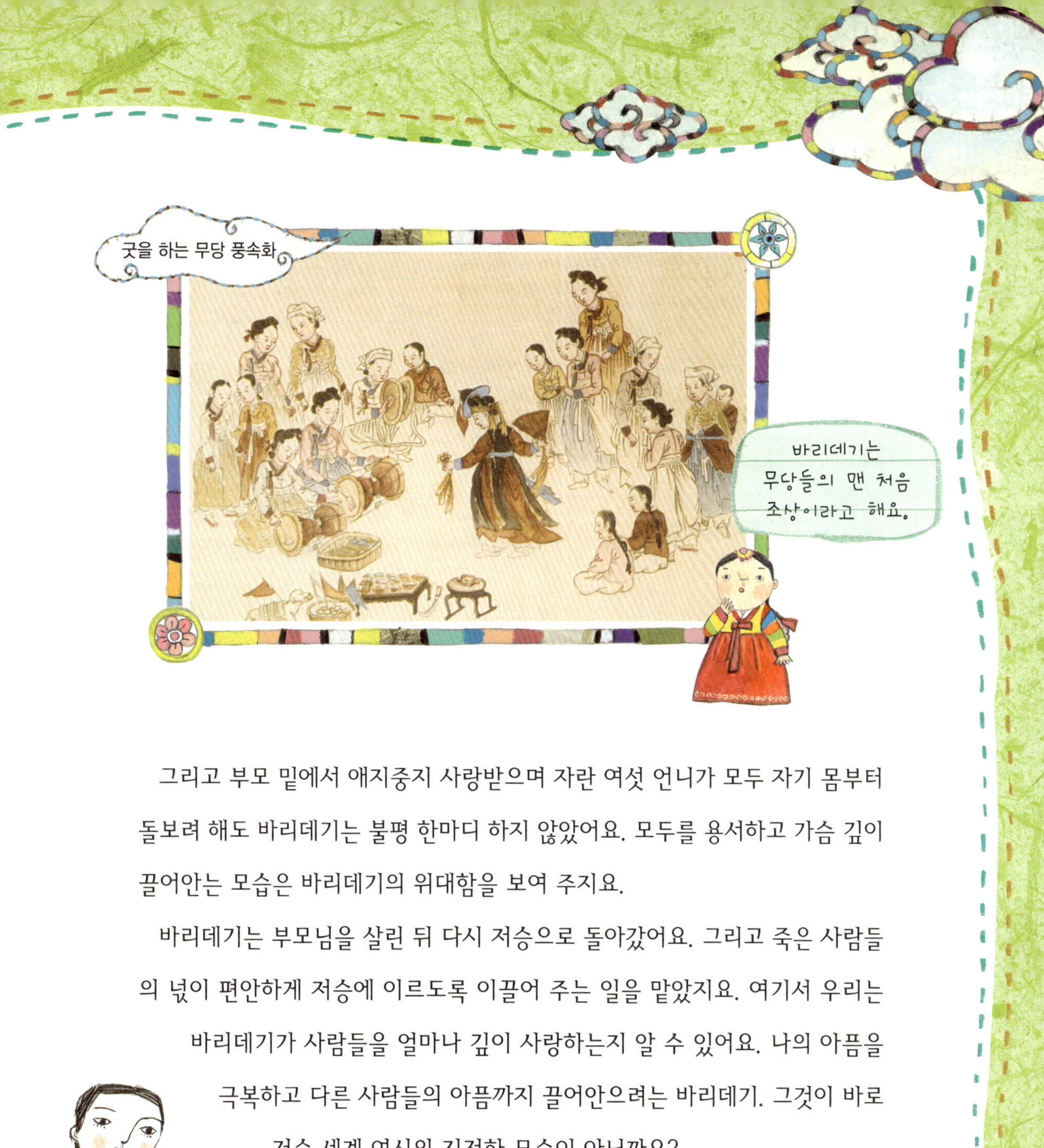

그리고 부모 밑에서 애지중지 사랑받으며 자란 여섯 언니가 모두 자기 몸부터 돌보려 해도 바리데기는 불평 한마디 하지 않았어요. 모두를 용서하고 가슴 깊이 끌어안는 모습은 바리데기의 위대함을 보여 주지요.

바리데기는 부모님을 살린 뒤 다시 저승으로 돌아갔어요. 그리고 죽은 사람들의 넋이 편안하게 저승에 이르도록 이끌어 주는 일을 맡았지요. 여기서 우리는 바리데기가 사람들을 얼마나 깊이 사랑하는지 알 수 있어요. 나의 아픔을 극복하고 다른 사람들의 아픔까지 끌어안으려는 바리데기. 그것이 바로 저승 세계 여신의 진정한 모습이 아닐까요?

오늘이

자기 이름이 무엇인지, 언제 태어났는지, 부모는 누구인지 아무 것도 모른 채 말이야. 그래서 사람들은 그 아이에게 오늘을 태어난 날로 하자고 이름도 오늘이라고 지어 주었어.

어느 날 오늘이는 자기 부모의 나라가 원천강이란 걸 알았어. 그래서 물어물어 모르는 것이 없는 백씨 부인을 찾아갔어.

"원천강을 어떻게 찾아가야 합니까?"

그러자 백씨 부인이 대답했어.

"백사가의 별층당에 가 보면 동자가 있을 것이다. 그 동자에게 가서 물어 보아라."

오늘이는 당장 백사가의 별층당에 찾아갔어.

"저는 오늘이라는 사람이에요. 원천강을 찾아가려고 하는데 가는 길 좀 알려 주세요."

오늘이가 묻자 동자가 말했어.

"이곳 위쪽 길로 계속 가다 보면 연화못이 나옵니다. 그곳에 연꽃 나무가 한 그루 있는데 그 나무에게 물어 보세요."

"고맙습니다."

오늘이가 인사를 하고 방에서 나오려고 하는데 동자가 말했어.

“저도 부탁이 하나 있습니다. 저는 장상이라는 사람이온데, 원천강에 가시거든 제가 왜 밤낮으로 글만 읽어야 하는지 그 이유를 좀 알아다 주세요.”

동자의 부탁에 오늘이는 그러겠다고 약속하고는 길을 떠났어.

오늘이는 연화못을 찾아 걷고 또 걸었어. 그리고 얼마 뒤 연화못에 도착해서 연꽃 나무를 보았어.

“난 오늘이라는 사람이에요. 부모님께서 원천강에 계시다기에 찾아가는 길이니, 원천강에 가는 길 좀 알려 주세요.”

그러자 연꽃 나무가 말했어.

“오던 길로 쭉 가다 보면 청수 바닷가에 큰 뱀이 똬리를 틀고 있을 거예요. 그 뱀에게 물어 보세요. 그리고 제 부탁도 좀 들어 주세요.”

그러면서 연꽃 나무는 맨 윗가지에만 꽃이 피고 다른 가지에는 꽃이 피지 않는 이유를 알려 달라고 했어.

오늘이는 연꽃 나무에게 그러겠다고 약속하고는 길을 떠났어.

한참을 가다 보니 바닷가에서 똬리를 틀고 있는 뱀을 만났어. 오늘이는 뱀에게 공손히 물었어.

“부모님을 만나려면 원천강에 가야 해요. 원천강에 가려면 어

디로 가야 하는지 알려 주세요.”

그러자 뱀이 말했어.

“알았어요. 한데 제 부탁도 좀 들어주시겠어요?”

뱀은 여의주를 세 개나 물고 있는데도 왜 승천을 못 하는지, 그 이유를 알아다 달라고 부탁했어. 그러고는 오늘이를 등에 태우고 청수 바다를 건너 주었어.

“이곳에서 죽 가다 보면 매일이라는 처녀를 만날 거예요. 그 처녀에게 원천강 가는 길을 물어 보세요.”

오늘이는 고맙다고 말하고 또 길을 떠났어.

길을 가다가다 보니, 지난번 동자처럼 별층당에 앉아 글을 읽
고 있는 매일이라는 처녀를 만날 수 있었어.

"저, 저는 오늘이라는 사람이에요. 원천강에 가려고 하는데
길 좀 알려 주세요."

오늘이가 묻자 매일이가 말했어.

"이쪽으로 죽 가다 보면 울고 있는 선녀들을 만날 거예요. 그
선녀들이 원천강을 알고 있답니다."

그러면서 매일이는 왜 자기는 항상 그곳에 앉아 글만 읽고 있
어야 하는지 그 이유도 좀 알아봐 달라고 부탁했어.

오늘이는 그러겠다고 약속하고는 다시 길을 떠났어.

한참을 가다 보니 우물 앞에서 흐느껴 울고 있는 선녀들이 보였어. 오늘이는 선녀들에게 다가가 물었어.

"왜 여기서 이렇게 슬피 울고 계세요?"

그러자 한 선녀가 대답했어.

"저희는 옥황상제님의 선녀였는데 큰 잘못을 저질러 이곳에서 물을 긷고 있어요. 한데 바가지에 구멍이 뚫려 있어 퍼내도 퍼내도 물이 줄지를 않아요.”

선녀의 말에 오늘이는 정당풀을 베어 뭉친 뒤 바가지의 구멍을 막았어. 그러고는 송진을 녹여 그 위에 칠했지. 그러자 물이 한 방울도 새지 않아 우물 속의 물이 금방 말라 버렸어.

“고맙습니다. 이 은혜를 무엇으로 갚아야 할지요?”

선녀들이 기뻐하며 물었어.

“저는 부모님께서 사시는 원천강으로 가고 있어요. 한데 어디에 있는지 몰라서 찾아다니고 있답니다.”

오늘이의 말에 한 선녀가 함박웃음을 지으며 대답했어.

“원천강이라면 저희가 잘 알고 있답니다. 따라오세요.”

오늘이는 선녀를 따라갔어. 그러고는 곧 큰 절 앞에 도착했는데, 그곳이 바로 원천강이었어.

원천강 주위에는 만리장성이 쌓여 있고, 문 앞에는 문지기가 지키고 서 있었어.

오늘이는 문지기에게 그동안의 사정을 이야기하고 안으로 들어갔어. 그러자 오늘이가 올 줄 알고 있던 것처럼 부모님이 마중 나와 있었어.

"너를 낳던 날 옥황상제의 명으로 원천강을 지키기 위해 이곳에 올 수밖에 없었단다. 네가 아기 때 학이 날아와 날개를 깔아 주고 덮어 주었던 것은 모두 우리가 널 돌보고 있었기 때문이야. 그러니 우리가 널 버렸다고 섭섭해하지 말거라."

"아닙니다, 부모님을 원망한 적 없습니다."

오늘이는 기뻐하며 부모님과 정을 나누었어. 그리고 며칠 뒤 다시 자기가 살던 곳으로 돌아가겠다고 했어.

"이곳까지 오는 동안 많은 분의 도움을 받았습니다. 이제 그분들과 한 약속을 지켜야 해요."

오늘이는 오는 동안 받았던 부탁을 부모님에게 물었어.

"장상이와 매일이가 부부가 된다면 오래오래 잘살 것이다. 그리고 연꽃 나무는 맨 윗가지의 꽃을 따서 처음 만나는 사람에게 주면 다른 가지에도 꽃이 가득 필 거야. 그리고 뱀은 여의주를 하나만 물어야 하는데 세 개씩이나 물고 있어, 그 욕심 때문에 용이 못 되는 거란다. 처음 만나는 사람에게 남은 여의주 두 개를 주라고 하여라."

그러면서 부모님은 꽃과 여의주를 받을 사람은 바로 오늘이고, 오늘이는 하늘로 올라가 선녀가 될 거라고 말해 주었어.

오늘이는 부모님에게 인사를 하고 다시 길을 떠났어.

오늘이는 맨 처음 매일이를 만나 말했어.

"장상이라는 도련님과 결혼하면 오래오래 행복할 것입니다. 제가 그분께 모셔다 드릴게요."

그래서 오늘이와 매일이는 함께 길을 떠났어. 그리고 곧 큰 뱀을 만났지.

"여의주를 한 개만 물어야 용이 될 수 있대요. 그러니 여의주두 개는 이리 주세요."

뱀은 오늘이에게 고맙다고 인사하고 여의주를 주었어. 그러고는 곧 용이 되어 하늘로 올라갔어.

오늘이와 매일이는 여의주를 들고 연꽃 나무에게 가서 가지마다 꽃이 피지 않는 이유를 말해 주었지.

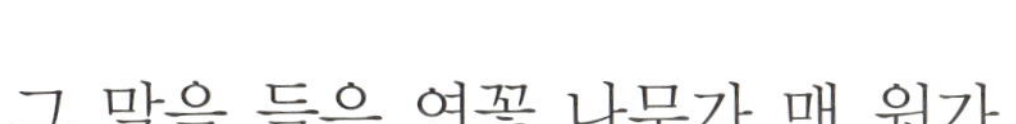

　그 말을 들은 연꽃 나무가 맨 윗가지의 꽃을 꺾어 오늘이에게 주었어. 그러자 가지마다 연꽃이 활짝 피어났어.

　마지막으로 오늘이는 매일이를 장상이에게 데리고 갔어.

　"두 분이 부부가 되면 오래오래 행복할 거래요."

　그래서 매일이와 장상이는 부부가 되었어.

　오늘이는 여의주 두 개와 연꽃을 들고 백씨 부인을 찾아갔어. 그러고는 여의주 한 개를 건네주었지.

　"그동안 고마웠습니다. 이제 저는 옥황상제의 부름을 받아 하늘로 올라갑니다. 부디 오래오래 잘사십시오."

　오늘이는 여의주와 연꽃을 들고 하늘로 올라갔어.

　그 뒤 오늘이는 옥황상제의 명을 받들어 부모님이 있는 원천강으로 다시 내려왔어. 그리고 사계절의 시작을 알리는 선녀가 되었대.

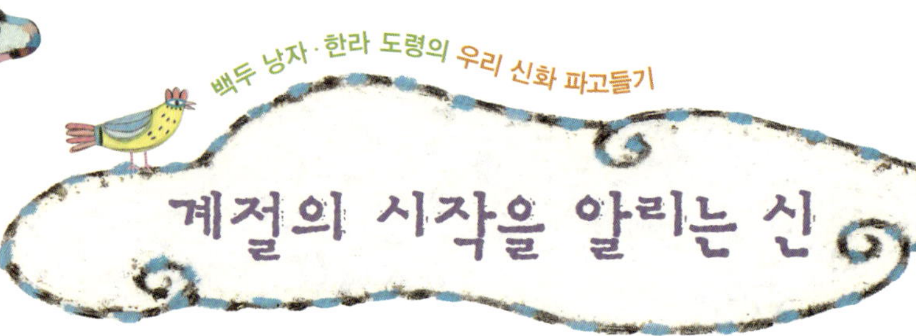

계절의 시작을 알리는 신

오늘날 사람들은 무당과 굿을 미신이라고 하여 업신여기기도 해요. 하지만 만약 무당과 굿이 없었다면 우리 민족의 중요한 문화 유산인 구전 신화는 전해지지 못했을 거예요. 무당들이 굿을 할 때 부르는 노래를 '무가'라고 하는데, 우리나라 구전 신화 중에는 이 무가에서 비롯된 것들이 많기 때문이지요.

제주 칠머리당굿

오늘이 이야기 역시 '원천강본풀이'라는 무가를 통해 전해 내려오는 제주도 구전 신화예요. 약 60년 전에 글로 기록되어 지금까지 전해 내려오고 있지요.

원천강은 사계절을 다스리는 신의 공간이에요. 그리고 본풀이는 신의 유래에 대한 설명이라는 뜻이고요. 그러니까 원천강본풀이는 오늘이라는 주인공이 어떻게 사계절의 시작을 알리는 신이 되었는지 그 유래를 알려주는 이야기랍니다.

오늘이 이야기는 들판에 홀로 버려진 오늘이가 원천강에 있는 부모를 찾아가 만나고 다시 돌아오는 여정을 그리고 있어요. 오늘이는 온갖 고난과 모험을 겪으면서 어려움에 부닥친 여러 사람과 동물, 식물들의 고민을 들어주고, 또 해결할 수 있도록 도와줘요. 그러면서 오늘이도 세상의 이치를 하나둘씩 깨닫게 되고요. 그리고 마침내 사계절을 다스리는 아름다운 여신이 되지요.

부모 없이 자랐지만 착한 마음을 잃지 않고 꿋꿋이 모험을 헤쳐 나가는 오늘이의 모습은 우리에게 큰 감동을 줘요. 또 욕심을 버리고 베풀며 사람들과 힘을 합하여 살아가라는 교훈도 전해 주지요.

사람뿐만 아니라 모든 생명체까지 다 사랑한 오늘이가 사계절의 시작을 알리는 신이 된 것은 어쩌면 당연한 일일지도 몰라요. 사계절의 변화는 누구에게나 공평한 것이니까요.

소별왕 대별왕

그때는 해도 두 개, 달도 두 개였지. 그러니 낮에는 사람들이 뜨거워 못 살고, 밤에는 또 추워서 못 살았어.

그러던 어느 날, 천지왕이 잠을 자는데 해도 하나 삼키고 달도 하나 삼키는 꿈을 꾸었어.

"이 꿈은 분명히 태몽이렷다. 해도 하나 삼키고 달도 하나 삼킨 걸 보면 분명 내 자식이 지금 인간들이 겪고 있는 고난을 풀어 줄 것이 분명해."

이렇게 생각한 천지왕은 세상에 내려와 평소 마음에 품고 있던 지국성의 총맹 부인과 결혼을 했어. 그런 뒤 다시 하늘로 올라가며 총맹 부인에게 말했지.

"분명 아들 형제를 낳을 것이니, 큰아들은 대별왕이라 하고 작은아들은 소별왕이라 이름 지으시오."

"그럼 그 아이들에게 전할 증표라도 남겨 주고 가십시오."

총맹 부인의 말에 천지왕은 품에서 얼레빗 한 쪽과 박씨 두 알을 꺼내 주었어.

"나를 찾아오려거든 정월 초해일에 이 박씨를 심으라 하시오."

그 말을 남기고 천지왕은 다시 하늘나라로 돌아갔어.

그 뒤 총맹 부인은 천지왕의 말대로 아들 쌍둥이를 낳았어. 그래서 큰아들은 대별왕, 작은아들은 소별왕이라고 이름 짓고, 불면 날아갈세라 쥐면 깨질세라 소중히 잘 키웠지.

대별왕과 소별왕은 무럭무럭 자랐어. 한 해가 가고 두 해가 가고 시간이 흘러 어느덧 열다섯 살이 되었지.

하루는 글공부하러 갔던 대별왕과 소별왕이 집으로 돌아와 총맹 부인에게 말했어.

"사람들이 우리보고 아비 없는 자식이라 놀립니다. 하지만 세상에 아버지 없이 태어나는 자식이 어디 있겠습니까? 어머니, 저희 아버지는 누구입니까? 죽었으면 무덤에 찾아가 절이라도 올리게 해 주세요. 만약 살아 계신다면 이제라도 찾아뵙게 해 주세요."

그 말에 총맹 부인이 말했어.

"너희 아버지는 하늘나라를 다스리는 옥황상제 천지왕이시다. 하늘나라를 오래 비울 수 없어 떠나셨으나, 너희를 위해 떠나실 때 주신 증표가 있다."

그러면서 총맹 부인은 아들들에게 박씨 두 알과 얼레빗 한 쪽을 주었어.

"정월 초해일에 이 박씨를 심으면 아버지를 만날 수 있다고 하셨다."

대별왕과 소별왕은 어머니 말대로 정월 초해일에 박씨를 심었어. 그러자 어느 틈에 박씨에서 싹이 나더니 순식간에 자라 하늘로 뻗쳐올랐어.

대별왕과 소별왕은 박씨에서 자란 가지를 하나씩 하나씩 밟고 하늘로 올라갔어.

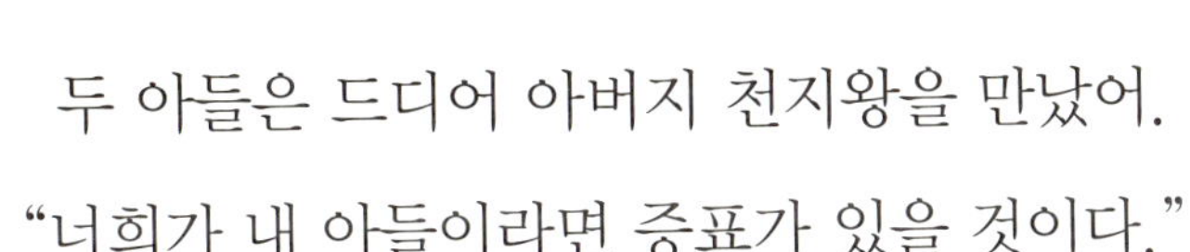

두 아들은 드디어 아버지 천지왕을 만났어.

"너희가 내 아들이라면 증표가 있을 것이다."

천지왕의 말에 대별왕이 얼레빗을 내보였어. 그러자 천지왕
이 두 아들을 꼭 끌어안으며 말했어.

"잘 왔다, 내 아들들! 그동안 잘 지냈느냐? 너희 어머니도 잘
계시고?"

그러자 소별왕이 말했어.

"어머니는 잘 계시나, 사람들이 낮에는 두 개의 해에 타 죽고,
밤이면 두 개의 달빛에 얼어 죽습니다."

"내가 너희에게 천 근 무쇠 화살과 활을 내어 줄 테니, 달 한
개와 해 한 개를 쏘아 없애거라."

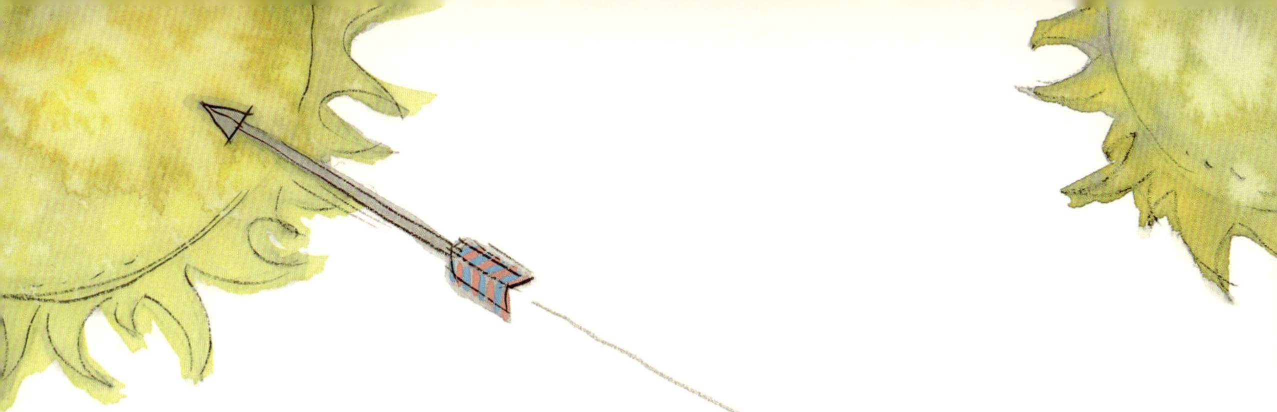

"네, 아버지!"

대별왕과 소별왕은 천지왕이 준 활과 화살을 들고 궁전 마당 앞에 섰어.

먼저 대별왕이 이글거리는 해를 향해 화살을 겨누었어. '핑' 하고 화살이 바람을 가르는 소리가 들리자마자 하늘 높은 곳에서 해 한 개가 떨어졌어.

"잘했다, 내 아들!"

천지왕이 기뻐 소리쳤어.

밤이 되어 달 두 개가 떠오르자, 소별왕이 화살을 들고 궁전 마당에 섰어. 그러고는 정확하게 달 한 개를 쏘아 맞혔어. 그러자 하늘 꼭대기에서 차가운 빛을 뿜던 달이 땅으로 곤두박질쳤어.

"잘했다, 내 아들들! 이제 세상 사람들의 고통을 해결해 주었으니 너희가 앞으로 해야 할 일을 정하자꾸나. 이승의 법과 저승의 법을 만들어 다스려야 하니, 누가 이승을 맡고 누가 저승을 맡을

지 너희가 알아서 정하거라."

천지왕의 말에 소별왕이 대별왕에게 말했어.

"형님, 제가 이승의 법을 만들어 다스리겠습니다."

그러자 대별왕이 펄쩍 뛰며 말했어.

"무슨 소리냐? 이승의 법은 큰형인 내가

만들어 다스리겠다."

대별왕과 소별왕은 서로 이승을 다스리겠다고 우겼
어. 그러다 소별왕이 대별왕에게 말했어.

"그럼 형님, 수수께끼를 내어 이기는 사람이 이승의 법을 만들
어 다스리기로 하는 것이 어떻습니까?"

"좋다, 아우야. 그럼 내가 수수께끼를 내겠다."

대별왕과 소별왕은 수수께끼 시합을 벌이기로 했어.

대별왕이 먼저 문제를 냈어.

"아우야, 어떤 나무가 평생 이파리가 지지 않느냐?"

"형님, 나무가 짧은 것은 평생 이파리가 지지 않고, 속이 빈 나
무는 이파리가 집니다."

소별왕이 대답했어. 그러자 대별왕이 웃으며 말했어.

"틀렸다. 갈대는 마디마디가 다 비어 있어도 이파리가 지지 않
는 것을 모르는구나."

대별왕의 말에 소별왕은 '아차' 무릎을 치며 말했어.

"형님, 수수께끼 말고 다른 걸로 합시다. 꽃을 심어 잘 자라게
한 사람이 이승의 법을 만드는 것이 어떻겠습니까?"

소별왕의 말에 대별왕이 대답했어.

"아무렴 어떠냐. 네가 좋은 걸로 하려무나."

대별왕과 소별왕은 은 동이, 놋 동이, 나무 동이에 꽃씨를 심었어. 한데 이상하게도 대별왕의 동이에서는 동이마다 꽃들이 활짝 피어나는데 소별왕의 동이에서는 동이마다 꽃들이 시들시들 시들었어.

"하하하, 아우야. 이번에도 네가 졌구나. 그럼 이승의 법은 내가 만들어 다스리겠다."

대별왕이 웃으며 말했어. 그러자 소별왕이 투덜거렸어.

"형님, 무슨 내기든 세 번은 해야지요. 한 번만 더 합시다."

그러면서 소별왕은 내일 아침까지 꽃을 더 많이 피운 사람이 이승의 법을 만드는 게 어떻겠냐고 물었어.

"아무렴 어떠냐. 네 좋은 대로 하여라. 대신 이번이 마지막이다."

그런 뒤 대별왕은 쿨쿨 잠이 들었어. 하지만 소별왕은 자는 척 누워 있다가 살그머니 일어났어. 그러고는 대별왕의 꽃과 자기 꽃을 바꿔치기했어.

어느덧 아침 해가 밝자, 밤새 자는 둥 마는 둥 꽃을 지키던 소별왕이 대별왕을 깨웠어.

"형님, 형님. 어서 일어나세요. 해가 벌써 하늘 꼭대기에 걸렸습니다."

소별왕의 소리에 대별왕이 기지개를 켜며 일어났어. 그러다 대별왕은 자기 꽃이 모두 시들어 있는 것을 보고는 깜짝 놀랐어.

"아니, 지난 저녁에는 그토록 싱싱하던 꽃이 밤새 왜 이렇게 시들었을까?"

꽃들을 살피던 대별왕은 소별왕이 꽃을 바꿔 놓은 것을 알아챘어.

"아우야, 이번이 마지막이라던 내 말을 지키겠다. 네가 이승의 법을 만들어 다스리거라. 하지만 너의 거짓 때문에 이승에서는 온갖 나쁜 일들이 행해질 것이다. 질투와 탐욕과 거짓이 넘칠 것이고, 사람들은 남의 것을 탐하고, 그것을 뺏기 위해 온갖 나쁜 짓도 서슴지 않을 것이다."

대별왕이 말했어. 그 말에 소별왕은 얼굴이 빨개졌어.

"그럼 나는 가겠다. 부디 이승을 잘 다스리거라."

그 말을 끝으로 대별왕은 저승으로 갔어. 그 뒤 누구에게도 공평하고 반듯한 저승의 법을 만들어 잘 다스렸대.

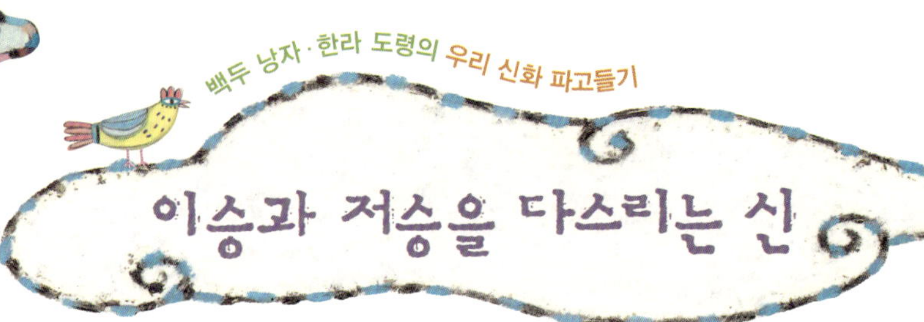

이승과 저승을 다스리는 신

사람마다 하는 일이 다 다르듯 신들 역시 하는 일이 다 달라요. 아기를 점지해 주는 신, 병을 치료해 주는 신, 풍년일지 흉년일지 농사를 맡아 보는 신, 가정을 돌봐 주는 신 등 종류도 여러 가지이지요.

소별왕 대별왕 이야기에 나오는 두 주인공은 천지왕의 아들이에요. 형인 대별왕은 죽은 사람들의 세상인 저승을 다스리는 신이 되었고, 아우인 소별왕은 산 사람들의 세상인 이승을 다스리는 신이 되었지요.

그런데 이 이야기의 재미는 '소별왕과 대별왕 가운데 누가 이승을 다스리게 되었을까?'에만 있는 것이 아니에요. 이 이야기는 '왜 인간 세상에는 살인이나 강도, 사기나 도둑질 같은 나쁜 일들이 벌어지는 것일까?', '신은 왜 이 세상을 만들 때 그런 나쁜 것까지 함께 만들었을까?' 하는 사람들의 궁금증을 나타낸다고 볼 수 있거든요. 그리고 그에 대한 답이 바로 신화 속에 있지요.

또한 소별왕 대별왕 이야기에는 농사에 대한 사람들의 바람이 담겨 있어요. 태양은 더위와 가뭄, 달은 추위, 홍수와 관련이 있잖아요. 그래서 태양을 쏘아 떨어뜨려 하나의 태양만 뜨게 한 것은 더위나 가뭄을 조절하여 풍년을 비는 것이고, 달을 쏘아 떨어뜨린 것은 추위와 홍수로부터 농작물을 보호하고자 하는 사람들의 바람을 나타낸 것이라고 볼 수 있지요.

이처럼 우리 신화 속에는 우주의 질서나 세상의 기원에 대한 사람들의 궁금증은 물론, 생활 속에서 느끼는 불안이나 간절한 바람 등도 담겨 있답니다.

백두산 백장수

옛날부터 백두산 근처는 먹을 것 많고 경치가 좋기로 유명해서 참으로 사람 살기 좋은 평화로운 곳이었대.

그러던 어느 날, 심술 사나운 흑룡이 나타나서는 온갖 횡포를 부리기 시작했어. 불칼을 휘둘러 나무들을 태우고, 물줄기를 막아 버렸지. 물이 흐르지 않자 곡식들이 말라죽고, 논밭이 쩍쩍 갈라지고, 사람들도 살 수가 없게 변해 버렸어.

그런데 그때 백두산 부근에 작은 나라가 있었어. 그 나라에는 아름답고 총명한 공주가 있었는데, 그 공주가 얼마나 아름다운지 이웃 나라 왕자들이 줄을 지어 청혼할 정도였어.

하지만 아무리 큰 나라의 왕자가 와서 청혼을 해도 공주는 끄떡도 안 했어. 왕자가 아무리 잘생겨도, 아무리 재주가 많아도, 금은보화를 다 준다 해도 끄떡도 안 했지.

공주는 오로지 왕자들에게 이렇게 말했어.

"지금 사람들을 못살게 괴롭히고 있는 흑룡을 물리치세요. 그럼 결혼하겠어요."

그러면 왕자들은 한결같이 이렇게 말했어.

"흑룡을 물리칠 사람이 어디 있습니까? 함부로 나섰다가는 목숨을 잃을 게 뻔한데요."

"제 배필이 될 사람은 오로지 흑룡을 물리칠 수 있는 사람이에요. 왕자가 아니어도 상관없어요. 세상에서 가장 가난하다 해도, 세상에서 가장 못생겼다 해도, 흑룡을 물리칠 수 있다면 저는 그분과 평생을 함께할 거예요."

공주가 이렇게 단호하게 말하면 왕자들은 하나같이 입맛만 다시며 자기 나라로 돌아갔어.

한편 백두산 주변에 백장수라는 사람이 살았어. 백장수는 마을 사람들이 괴로움에 빠져 한탄만 하는 동안에도 부지런히 물줄기를 찾아다녔어. 물줄기를 찾아야 다시 땅이 기름져지고 곡식들이 자랄 테니까.

한데 백장수가 온갖 고생 끝에 물줄기를 찾았다 싶으면 그때마다 흑룡이 나타나 훼방을 놓는 거야.

"아, 내게 흑룡을 물리칠 힘이 있다면……"

이렇게 한탄을 하며 백장수는 또다시 손발이 부르트도록 물줄기를 찾아다녔어.

그런데 이 소문을 공주가 듣게 되었어. 공주는 뛸 듯이 기뻐하며 한달음에 백장수를 만나러 갔어.

"당신이 백장수라는 사람입니까?"

"그렇습니다, 공주님."

백장수가 공손히 대답했어.

"흑룡을 물리치고 싶습니까?"

"여부가 있겠습니까."

그러자 공주가 기뻐하며 말했어.

"사람들도 모르고, 흑룡조차 모르는 곳에 옥장천이라는 샘이
있습니다. 마음이 올곧고 행동이 용감한 사람이 이 샘물을 마시
면, 그 힘이 몇백 배나 세진다고 합니다. 아마도 당신이 바로 그

사람인 듯한데, 저와 함께 옥장천으로 가시겠습니까?”

“물론입니다, 공주님!”

공주와 백장수는 곧장 옥장천으로 달려갔어.

그 뒤 백장수는 석 달 열흘 동안 옥장천의 물을 마셨어. 이렇게
백 일이 지나자 공주가 옥장천으로 찾아왔지.

“이제 그만하면 되었습니다. 저와 백두산으로 가시지요.”

공주와 백장수는 백두산 꼭대기로 갔어.

“자, 이제 이곳을 파세요. 그럼 물이 솟을 거예요.”

공주가 백장수에게 커다란 삽을 주며 말했어.

백장수는 한 삽 크게 떠서 아래로 던졌어. 얼마나 크게 팠던지 한 삽을 파서 내던지면 그대로 봉우리가 될 정도였어.

백장수가 열여섯 삽을 푹푹 떠내자 물이 콸콸 솟기 시작했어. 그러고는 산 밑으로 강물처럼 흘러내리기 시작했지.

"이제 백성들이 숨 좀 쉬고 살겠습니다."

공주가 기뻐하며 말했어.

"흑룡이 이 물줄기를 내버려 둘지 걱정입니다."

백장수가 땀을 훔치며 걱정스레 말했어. 한데 그 말이 떨어지자마자 흑룡이 거센 바람을 일으키며 날아왔어.

"네 이놈, 백장수야! 누구 마음대로 물줄기를 파는 거냐!"

흑룡은 거대한 몸을 꿈틀대며 불칼을 휘둘렀어.

"네 이놈, 흑룡아! 무슨 심보로 사람들을 그리 못살게 구는 거냐!"

백장수도 지지 않고 소리치며 큰 칼을 휘둘렀어.

싸움은 사흘이 지나도 끝나지 않았어. 백두산 주변이 온통 칼이 맞부딪치는 소리로 쩌렁쩌렁 울렸지. 하늘에는 시커먼 먹구름이 뒤덮였고, 흑룡이 내뿜는 불길 때문에 그나마 살아 있던 나무들도 모두 불탔어. 정신을 못 차릴 정도로 흙먼지가 일어나고,

그 바람에 애써 파놓은 물줄기가 또다시 막히고
말았어.
　그런데 백장수가 공주가 무사한지 잠시
한눈을 판 사이에, 흑룡이 불칼로 백
장수를 내리쳤어. 백장수는 피를
흘리며 그 자리에 쓰러졌지.

“누구라도 내게 대항하는 자는 죽음을 면치 못하리라.”

그러면서 흑룡은 사나운 눈초리로 사방을 둘러보았어. 공주는 큰 바위 뒤에 숨도 쉬지 않고 숨어 있었어. 주위에 아무도 없는 것을 확인한 흑룡은 심술궂은 눈으로 쓰러진 백장수를 흘겨보고는 다른 봉우리로 날아갔어.

흑룡이 가 버리자, 바위 뒤에 숨어 있던 공주가 백장수에게 달려왔어. 공주는 백장수를 안고 급히 옥장천으로 달려가 옥장천 물로 상처를 씻어 냈지.

백장수는 공주의 정성과 옥장천 물의 효험으로 하루가 다르게 나았어. 그리고 또다시 석 달 열흘 동안 옥장천 물을 마시며 힘을 길렀어.

“이제 때가 되었습니다. 오늘은 반드시 흑룡을 물리치겠습니다.”

백장수가 각오를 다지며 공주에게 말했어.

"부디 흑룡을 물리쳐 백성들을 이 고난에서 구해 주십시오."

공주가 간절하게 말했어.

백장수와 공주는 또다시 백두산 꼭대기로 갔어. 그러고는 지난 번처럼 꼭대기 흙을 파기 시작했지. 얼마나 팠을까, 물줄기가 호수처럼 빈 구멍을 가득 채우며 고였어.

"흑룡이 또다시 날아올 거예요. 얼른 준비하세요."

그러면서 공주는 안전한 곳을 찾아 숨었어.

아니나 다를까, 채 몇 분이 지나지도 않아서 흑룡이 시뻘건 불길을 뿜으며 날아왔어.

"네 이놈, 백장수야! 그때 죽은 줄 알았더니 어떻게 살아나 또다시 물줄기를 만든 거냐!"

"네 이놈, 흑룡아! 오늘로 네 못된 횡포도 끝이다!"

백장수는 흑룡이 내리치는 불칼을 온 힘을 다해 막았어. 그러고는 흑룡이 내리쳤던 불칼을 다시 들어 올리기 전에 다시 한번 온 힘을 다해 칼을 휘둘렀지. 백장수의 칼은 갑옷처럼 튼튼한 비늘을 뚫고 흑룡의 몸에 박혔어. 그러자 흑룡의 몸에서 검붉은 피가 솟구쳐 올랐지.

“네 이놈, 백장수야. 내 언젠가는 이 원수를 꼭 갚아 주마.”

흑룡이 핏발 선 눈을 부릅뜨며 하늘로 날아올랐어. 그러고는 시커먼 구름 속으로 사라졌지.

“이제 되었습니다. 백장수님 덕분에 사람들이 이제는 마음 편히 살겠습니다.”

공주가 날 듯이 기뻐하며 바위 뒤에서 뛰어나왔어.

“흑룡을 물리치셨으니 제 남편이 될 자격이 있습니다. 저와 결혼해 주시겠습니까?”

공주가 수줍게 묻자 백장수가 환하게 웃으며 말했어.

“이토록 아름답고 총명한 공주를 누가 마다하겠습니까?”

백장수와 공주는 행복한 마음으로 손을 꼭 맞잡았어.

그 뒤 백장수는 백두산 천지를 지키는 신이 되었어. 사나운 흑룡이 시시때때로 검은 구름을 몰고 와 번개를 번쩍이고 천둥을 치고, 우박도 쏟아 붓고 심술을 부렸지만, 백장수와 공주가 무서워 예전처럼 천지의 물줄기를 막지는 못했대.

백두산 천지를 지키는 신

여러분은 영웅 하면 어떤 사람이 떠오르나요? 전쟁에서 나라를 구한 용감한 장군도 있겠고, 뛰어난 과학 기술을 개발해 우리나라의 이름을 세계에 떨친 과학자도 있을 거예요. 또 세계무대에서 활약하고 있는 운동선수도, 춤과 노래로 한류 열풍을 일으킨 가수도 우리나라를 빛낸 영웅이지요.

백두산 천지

　　백두산 백장수 이야기는 영웅이 주인공인 구전 신화예요. 사납고 심술궂은 흑룡은 마을을 침략해 온 외적을 상징하지요. 외적을 물리친 백장수는 농사를 짓는 데 꼭 필요한 물줄기를 지켜 내고, 백두산 천지 속에 수정궁을 지어 다시는 외적이 쳐들어오지 못하게 했어요. 이처럼 전쟁이 잦고 먹을 것이 풍족하지 못했던 옛날에는 백장수 같은 사람이 영웅으로 존경받았답니다.

　　사람들이 바라는 영웅의 모습은 시대마다 제각기 달라요. 전쟁이 자주 일어나는 시대에는 하루빨리 평화를 되찾아 줄 영웅을 기다려요. 또 나라가 어지러울 때는 새로운 나라를 열어줄 지도자를 바라지요. 가뭄이나 홍수가 되풀이되는 시대에는 자연의 변화를 읽을 줄 아는 사람이 영웅 대접을 받고요.

　　지금의 영웅과 예전의 영웅을 비교해 보면 영웅의 모습은 시대 상황과 서로 맞물려 있다는 것을 알 수 있어요. 예전의 영웅을 보면서 우리가 사는 지금 이 시대에는 어떤 영웅이 필요한지, 또 앞으로는 어떤 영웅을 원하게 될지 여러분도 한번 생각해 보세요.

할락궁이

옛날 옛날에 김진국이라는 사람과 원진국이라는 사람이 살았어. 둘은 아주 친한 친구 사이였지. 그래서 김진국이 아들 원강 도령을 낳고 원진국이 딸 원강암이를 낳았을 때, 둘은 자식들이 열다섯 살이 되면 혼례를 치러 주자고 약속했어. 그리고 원강 도령과 원강암이가 열다섯 살이 되었을 때 두 사람은 약속대로 자식들을 결혼시켰지.

그런데 원강암이가 아이를 가져 배가 남산만큼 불렀을 때 옥황상제한테서 편지가 왔어. 원강 도령에게 저승에 있는 서천 꽃밭을 지키는 감독관을 하라는 거야. 원강 도령과 원강암이는 마른 하늘에서 날벼락이 떨어지는 것 같았어. 하지만 옥황상제의 명을 거역할 수도 없었지.

"들짐승조차 부부가 함께 사는데, 어찌하여 나만 홀로 살라고 하십니까?"

그러면서 원강암이는 서천 꽃밭으로 떠나는 원강 도령을 따라나섰어.

한데 서천 꽃밭으로 가는 길이 어찌나 멀고 험한지 원강암이는 가는 도중에 발병이 났어.

"이제 저는 집으로 돌아갈 수도, 서천 꽃밭까지 가기도 힘들 것 같습니다. 그러니 이 마을 큰 부잣집에 종으로 들어가 살면서 서방님이 돌아오실 때까지 기다리겠습니다."

원강암이가 울면서 말했어. 그러자 원강 도령도 눈물을 흘리며 말했지.

"아이를 가진 몸으로 힘든 종살이를 어찌한단 말이오. 하지만 달리 방법이 없으니 그렇게라도 몸을 보존하고 계시오."

그러면서 원강 도령은 원강암이에게 찹쌀 한 꾸러미와 빗 한 쪽을 주었어.

"이것은 나의 증표요. 딸을 낳거든 할락덕이라 이름 짓고, 아들을 낳거든 할락궁이라 하시오."

그리고는 원강 도령은 서천 꽃밭으로 떠났어.

원강암이는 그 마을의 가장 큰 부자인 김 부자네에서 종살이를 했어. 한데 원강암이한테 한눈에 반한 김 부자는 원강암이에게 자신과 결혼해 달라고 졸랐어. 그러고는 밤이고 낮이고 쫓아다니며 원강암이를 들볶았지.

"제게는 남편이 있습니다."

"아, 서천 꽃밭에 감독관으로 간 사람이 언제 돌아오겠소. 그러니 나와 결혼해 주시오."

김 부자는 끈덕지게 매달렸어. 결국 시달림에 지친 원강암이가 김 부자에게 약속했어.

"지금 뱃속에 있는 아이가 태어나 긴 장대를 메고 나가 밭을 갈 때가 되면 그때 결혼해 드리겠어요."

결국 김 부자는 이 약속만 믿고 기다릴 수밖에 없었지.

얼마 뒤 원강암이는 건강한 사내아이를 낳았어. 그래서 원강 도령이 일러 준 대로 이름을 할락궁이라 지었어.

할락궁이는 무럭무럭 잘도 자랐어. 기는가 하면 걷고, 걷는가 하면 뛰면서 쑥쑥 자랐지. 그리고 긴 장대를 메고 나가 밭을 갈 정도로 자랐어.

그러자 김 부자가 또다시 원강암이를 졸라대기 시작했어.

"이제 아이가 밭을 갈 정도로 자랐으니 결혼해 주시오."

하지만 원강암이는 남편이 살아 있는 한 절대로 결혼할 수 없다고 버텼지. 그러자 화가 난 김 부자는 할락궁이를 못살게 들들

볶았어. 낮에는 나무 오십 바리를 해 오라 하고, 밤이면 새끼 오십 발을 꼬게 했지. 한데 할락궁이는 힘든 내색도 없이 시키는 일을 척척 해냈어. 나무 한 바리를 해 놓으면 오십 바리로 늘어나고, 새끼 한 발을 꼬면 오십 발로 늘어나곤 했거든.

그러던 어느 날, 할락궁이는 여느 날처럼 나무를 하러 산에 들어갔어. 그런데 바둑을 두고 있던 세 신선이 할락궁이를 불러 이렇게 말하는 거야.

"오늘 흰 사슴을 볼 테니 집에 끌고 가서 매어 두거라. 그런 뒤 사슴이 도망가거든 사슴을 찾는다고 집을 나와서 아버지에게 가거라."

할락궁이는 그러겠다고 대답하고 나무를 하러 갔어. 그런데 집으로 돌아오는 길에 흰 사슴이 진짜로 눈앞에 떡 나타난 거야. 그래서 할락궁이는 흰 사슴을 끌고 집으로 돌아갔어.

"내 평생 이토록 아름다운 사슴은 처음이다."

김 부자는 사슴을 이리 보고 저리 보며 좋아했어.

그날 저녁 신선들의 말대로 사슴이 도망쳤어. 김 부자는 불같이 화를 내며 당장 사슴을 잡아 오라고 할락궁이를 내몰았어.

할락궁이는 어머니 원강암이에게 아버지가 있는 곳을 물었어. 그러고는 곧 아버지를 찾아 길을 떠났지.

할락궁이는 걷고 또 걸었어. 밤이고 낮이고 발가락이 부르트도록 걸었지. 그렇게 가다 보니 헌 집을 고치는 곳이 있어 그 집에 가서 물었어.

“서천 꽃밭 가는 길 좀 알려 주십시오.”

“우리와 삼 년을 함께 일하면 가르쳐 주겠소.”

그 집 사람들의 말에 할락궁이는 그곳에서 삼 년을 일했어.

“가다 보면 얕은 물과 깊은 물이 나올 터이니 그 물을 건너가시오.”

삼 년이 지나자 그 집 사람들이 말했어. 할락궁이는 걷고 또 걸어 얕은 물과 깊은 물을 모두 건넜지.

그런데 그 물을 건너자마자 까마귀 일곱 마리가 배가 고파 울고 있는 게 보였어. 할락궁이는 벌레를 잡아 까마귀들을 배불리 먹이고는 서천 꽃밭 가는 길을 물었어.

“가다 보면 선녀 세 사람이 울고 있을 테니, 그 사람들에게 물어 보세요.”

그래서 할락궁이는 걷고 또 걸어 울고 있는 선녀들이 있는 곳에 도착했어.

“왜 울고 계십니까?”

“우리는 옥황상제님의 선녀들로 죄를 지어 벌을 받고 있습니다. 터진 동이로 물을 길어야 하는데 방법이 없습니다.”

그 말에 할락궁이는 칡덩굴과 송진으로 터진 동이를 막고는 물을 길어 주었어. 그러자 선녀들이 기뻐하며 할락궁이를 서천 꽃밭으로 데려갔어.

“잠시 계시면 꽃 감독관님이 오실 겁니다.”

그리고 잠시 뒤 이제는 서천 꽃밭의 꽃 감독관이 된 원강 도령이 달려나왔어.

“어디 보자, 네가 내 자식이라면 증표가 있을 것이다.”

원강 도령의 말에 할락궁이는 빗과 참실을 내보였어. 그제야 아들임이 분명하다는 것을 안 원강 도령이 물었어.

“오면서 무엇을 보았는지 말해 보려무나.”

할락궁이는 오면서 보았던 것을 모두 이야기했어.

"얕은 물과 깊은 물은 모두 너의 어머니가 죽어서 흘린 눈물이다. 김 부자가 결국 네 어머니를 죽였나 보구나."

아버지의 말에 할락궁이가 슬퍼하며 말했어.

"서천 꽃밭에는 사람을 죽이고 살리는 꽃, 웃음꽃, 싸움꽃 등이 있다고 들었습니다. 그 꽃들을 주시면 제가 어머니의 원수를 갚고 오겠습니다."

할락궁이는 아버지 원강 도령이 꺾어 준 꽃을 들고 다시 김 부자의 집으로 돌아갔어.

"흰 사슴을 잡으러 갔다가 서천 꽃밭까지 가게 되었습니다. 그곳에 가 보니 한 번 보면 천 년을 살고, 두 번 보면 이천 년을 사는 꽃이 있기에 꺾어 왔습니다."

그 말에 김 부자는 얼씨구나 좋다 하며 딸들을 모두 불러 모았어.

딸들이 모두 모이자 할락궁이는 웃음꽃을 내놓았어. 그러자 김 부자와 딸들이 바닥을 데굴데굴 구르며 웃기 시작했어. 이번에는 할락궁이가 싸움꽃을 내놓았어. 그러자 김 부자와 딸들이 갑자기 서로 때리고 할퀴고 사납게 싸우기 시작했지. 할락궁이는 마지막으로 서로 죽이는 꽃을 내놓았어. 그러자 김 부자와 딸들은 서로가 서로를 모두 죽였어.

할락궁이는 어머니의 시체가 있는 청대밭으로 달려가 시체를 조심스럽게 파냈어. 어머니의 이마에는 동백나무가 자라 있고, 배에는 오동나무가 자라 있었어.

할락궁이는 어머니 시체에 사람을 살리는 꽃을 올려놓았어. 그러자 뼈 마디마디가 다시 붙고, 살이 오르고, 생기가 돌기 시작했지. 할락궁이가 나무 회초리로 시체를 세 번 치자 어머니 원강암이가 숨을 토하며 다시 살아났어.

할락궁이와 원강암이는 기뻐하며 원강 도령이 있는 서천 꽃밭
으로 갔어. 원강 도령이 기뻐하며 마중을 나왔지.

"기특하고 대견하구나, 내 아들! 당신은 또 그동안 얼마나 고생
이 많았소? 이제는 이곳에서 오순도순 행복하게 삽시다."

원강 도령이 원강암이의 손을 꼭 잡으며 위로해 주었어. 원강
암이는 그저 눈물만 흘릴 뿐이었지.

그 뒤로 원강 도령은 아들 할락궁이에게 꽃 감독관 자리를
물려주고 서천 꽃밭의 대왕이 되었어. 죽었다 살아난 원
강암이도 아들과 남편 곁에서 오래도록 행복하게 잘
살았단다.

서천 꽃밭을 다스리는 신

예부터 사람들은 죽음에 대해 많은 관심을 기울여 왔어요. 사람은 왜 꼭 죽어야 하는지, 죽지 않고 영원히 살 수는 없는지, 죽은 뒤에는 어디로 가는지 우리 역시도 한번쯤은 생각해 보았을 거예요.

아마도 그런 생각을 할 때면 할락궁이가 다스리는 서천 꽃밭이 떠오르겠지요. 서천 꽃밭에는 죽은 사람을 살리는 꽃이 있으니까요.

신화 속에 자주 등장하는 서천 꽃밭은 삶과 죽음이 함께하는 곳이에요. 이곳에는 뼈살이꽃, 살살이꽃, 피살이꽃, 숨살이꽃 같은 생명의 꽃이 가득해요. 또 아이를 낳게 하는 생불꽃, 오래 살도록 해 주는 유을꽃도 있지요. 하지만 병을 주거나 싸움을 일으키는 꽃도 있고, 무서운 멸망꽃도 있어요.

할락궁이는 바로 이 서천 꽃밭의 감독관이에요. 갖가지 꽃을 다스리며 열다섯 살이 되기 전에 죽은 아이들의 영혼을 서천 꽃밭으로 다시 불러올리는 일을 했지요.

할락궁이는 죽은 어머니 이마에서 자란 동백나무 열매로 기름을 짜서 세상 여자들의 머리에 바르도록 했어요. 실제로 동백기름을 머리에 바르면 머릿결도 고와지고 향기도 좋지요.

또 어머니 배에서 자란 오동나무로는 어머니를 여읜 아들이 장례를 치를 때 짚는 지팡이를 만들게 했어요. 신화의 내용처럼 우리나라에는 아버지가 돌아가시면 상주인 아들이 대나무 지팡이를 짚고, 어머니가 돌아가시면 오동나무 지팡이를 짚는 장례 풍습이 있답니다.

전통 장례 풍습

자청비

하루는 자청비가 우물가에서 빨래를 하고 있는데 웬 도령이 지나가다 말을 걸었어.

"길 가는 사람인데, 목이 말라 참을 수가 없습니다. 물 한 바가지 얻어 마실 수 있을까요?"

그러자 자청비가 바가지에 물을 떠서는 버들잎을 띄운 뒤 도령에게 건넸어.

"얼굴은 고운데 마음은 어찌 그리 고약하오. 물을 주기 싫으면 그저 주기 싫다고 하지, 마실 물에 버들잎을 띄우다니!"

도령이 화를 내자 자청비가 말했어.

"물을 마시다 체하면 약도 없습니다. 목이 심하게 마르다 하여 혹시나 급하게 마시다 체할까 해서 천천히 마시라고 버들잎을 띄웠습니다."

그 말에 도령이 미안해하며 말했어.

"나는 하늘나라 옥황상제의 아들로 문국성이라 합니다. 지금 글공부를 하러 거무 선생에게 가는 중입니다."

그 말에 자청비가 얼른 말했어.

"잘되었습니다. 집에 저와 똑같이 생긴 남동생이 있는데, 그

동생도 거무 선생에게 글공부하러 가려던 참입니다. 둘이서 길 동무 삼아 함께 떠나시는 것이 어떠실지요?"

"아, 거참 잘되었습니다."

자청비는 문 도령과 함께 집으로 갔어. 그러고는 문 도령을 문 앞에 세워 두고 집으로 들어가 부모님에게 말했어.

"부모님, 이 나이가 되도록 글공부를 제대로 하지 못했습니다. 아들도 없이 달랑 저 혼자뿐인데, 글공부를 제대로 해야 나중에라도 부모님을 잘 모실 수 있지 않겠습니까? 그래서 이제라도 거무 선생 밑에 들어가 공부를 하려 합니다."

자청비의 말에 아버지가 말했어.

“공부에 나이가 어디 있겠느냐. 부디 잘 다녀오너라.”

부모님의 허락을 받은 자청비는 얼른 남자 옷으로 갈아입고 문 도령에게 갔어.

“저는 자청이라 합니다. 앞으로 잘 부탁드리겠습니다.”

“별말씀을요. 앞으로 좋은 글동무가 되었으면 좋겠습니다.”

서로 인사를 나눈 문 도령과 자청비는 곧바로 거무 선생을 찾아가 공부를 시작했어.

세월은 흐르고 흘러 어느덧 삼 년이 흘렀을 때야. 문 도령의 아버지에게서 편지가 왔어. 어서 공부를 끝내고 하늘나라로 돌아와 혼례를 올리라는 소식이었지.

“자청 도령, 나는 그만 집으로 돌아가야겠소. 아버님께서 서수왕아기에게 장가를 들라는 편지를 보내셨소.”

문 도령의 말에 자청비는 깜짝 놀랐어. 하지만 티 내지 않고 담담하게 말했지.

“그렇다면 나도 이제 그만 집으로 돌아가겠소.”

문 도령과 자청비는 짐을 꾸려 집으로 향했어. 그런데 가다 보니 덥기도 하고 목도 말라 두 사람은 맑은 개울가에서 멈추어 섰어.

“여기서 잠시 쉬었다 가는 게 좋겠습니다.”

자청비의 말에 문 도령이 옷을 훌러덩 벗어 던지며 물속으로 들어갔어.

"아, 시원하다! 안 그래도 땀이 어찌나 흘러내리던지 좀 씻고 싶던 참이오."

자청비는 그 모습을 보면서 개울 위쪽으로 올라갔어. 그러고는 물가 버들잎을 따서 글을 썼지.

자청비는 버들잎을 띄워 보내고는 집으로 내달렸어. 사실 자청비는 한눈에 문 도령에게 반해 글공부도 따라가고, 삼 년을 함께 지낸 거였거든.

목욕을 하다 떠내려온 버들잎 편지를 본 문 도령은 황급히 옷을 찾아 입고 자청비를 쫓아갔어.

"여보시오, 낭자! 삼 년을 함께한 정을 어찌 이리 매정하게 끊는단 말이오. 얼굴이나 한번 보고 갑시다!"

문 도령은 넘어지고 자빠지며 자청비를 쫓았어.

자청비는 그토록 애타게 자기 이름을 부르며 쫓아오는 문 도령을 보니 마음이 아팠어. 그리고 자기 마음 한번 제대로 보이지 못하고 헤어지는 것도 가슴 아팠지. 그래서 달려오는 문 도령을 막아서며 말했어.

"문 도령님, 그동안 저는 여자의 몸으로 남자처럼 행세하며 문 도령님을 속였습니다. 이리 헤어지는 것도 너무 섭섭하오니 저희 집에서 하룻밤 묵어 가는 것이 어떻겠습니까?”

“좋소. 그리하리다!”

문 도령이 흔쾌히 대답했어.

자청비는 문 도령을 부모님 모르게 방으로 데리고 들어갔어. 그러고는 문 도령을 자기 방 병풍 뒤에 숨겨 놓고 밤이 오기를 기다렸어.

모두가 잠든 깜깜한 밤중에 자청비가 물었어.

“저를 두고 다른 사람에게 장가를 가겠습니까?”

“아니오. 그러기 싫소. 하나 부모님의 명령이라 우선은 집으로 돌아가야 하오. 가서 그대와 혼인하겠다고 부모님께 말하겠소.”

“그렇다면 언제까지고 도령님을 기다리겠습니다.”

자청비와 문 도령은 굳게 약속을 하고는 잠자리에 들었어.

다음 날 ‘꼬끼오’ 하고 첫닭이 울자 문 도령이 하늘나라로 돌아갈 채비를 하며 말했어.

“이 박씨를 줄 터이니, 박씨를 심어 열매가 자라고 그 열매를 따게 될 때까지 내가 안 오면 죽은 줄 아시오.”

그러면서 문 도령은 자청비에게 박씨 한 알을 주었어.

　문 도령이 떠나자마자 자청비는 그 박씨
를 심었어. 하지만 새싹 순이 나고 줄
기가 돋아 하늘 높은 줄 모르고 자
라 열매를 맺어도 문 도령에게서
는 아무 소식이 없었어. 결국 애타게
문 도령을 기다리던 자청비는 문 도령을 찾아 나섰어.
　자청비는 온갖 고생을 하며 하늘로 올라가는 길
을 찾았어. 그런데 길을 가다 보니 눈에

익은 곳이 나타났어. 예전에 문 도령과 함께 글공부를 하던 곳이었지. 자청비가 옛 생각에 잠겨 길을 걷고 있는데 하늘나라에서 내려온 선녀들이 슬피 울면서 앉아 있었어.

"여보시오, 무슨 일로 여기 주저앉아 울고 계십니까?"

자청비가 묻자 한 선녀가 대답했어.

"하늘나라 문 도령님이 자청비와 함께 목욕하던 개울의 물이라도 맛보고 싶다고 하면서, 물을 떠 오라 하였습니다. 한데 그곳이 어느 곳인지 통 알 길이 없어……."

그 말에 자청비가 뛸 듯이 기뻐하며 말했어.

"내가 바로 자청비입니다. 목욕하던 곳을 알려 줄 테니 저도 하늘나라로 데려가 주십시오."

"그럼 그렇게 하시지요."

자청비는 선녀들에게 목욕하던 개울의 물을 떠 주고, 선녀들은 자청비를 하늘나라로 올려다 주었어. 그러고는 문 도령의 집 앞까지 데려다 주었지.

자청비는 밤이 깊을 때까지 문 도령의 집 앞에서 기다렸어. 그런 뒤 날이 완전히 저물고 보름달이 떠오르자 나무 위로 올라가 노래를 불렀어.

"저 달이 곱기는 곱다만, 우리 문 도령님 얼굴 보다 고울까?"

자청비의 노랫소리에 문 도령이 버선발로 달려나왔어.

"이게 누구요? 자청비 아니오? 이곳까지 어떻게 오셨소?"

문 도령은 자청비를 얼른 집으로 데리고 들어갔어. 그러고는 부모님 앞에 나아가 말했어.

"새 옷이 보기 좋으나 묵은 옷만큼 따뜻하지 않고, 장도 새 장 보다는 묵은 장이 단 것처럼, 사람도 새 사람보다는 묵은 사람이 좋습니다. 저는 새 사람에게 장가들지 않겠습니다. 저를 찾아 험한 길을 마다치 않고 달려온 자청비와 결혼하겠습니다."

그러자 아버지가 말했어.

"오냐, 오냐. 자청비는 충분히 우리 집 며느리 될 자격이 있다."

어머니도 말했어.

"오냐, 오냐. 자청비는 충분히 네 각시가 될 자격이 있다."

이렇게 해서 문 도령과 자청비는 하늘나라에서 결혼을 하고 행복하게 오래오래 잘 살았대.

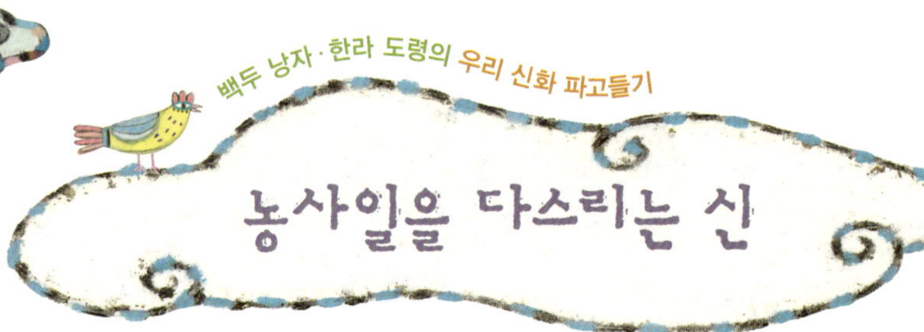

농사일을 다스리는 신

자청비 이야기는 제주도에서 전해 내려오는 신화예요. 제주도 여자들은 씩씩하고 당당하기로 유명하지요. 자청비 역시 아름답고 지혜로울 뿐만 아니라 어떤 어려움도 스스로 헤쳐 나가는 자주적인 여자의 모습을 보여주고 있어요.

문 도령과 결혼한 자청비는 나중에 농사의 모든 것을 다스리는 농경신이 되었어요. 그 이야기를 한번 들어보겠어요?

자청비가 하늘나라에서 문 도령과 행복하게 살던 어느 날이었어요. 옥황상제의 선비들이 반란을 일으키고 옥황상제의 아들인 문 도령을 죽였지요.

그러자 자청비는 온갖 위험을 무릅쓰고 서천 꽃밭으로 가서 환생꽃과 멸망꽃을 구해 왔어요. 그리고 환생꽃으로 문 도령을 살리고, 멸망꽃으로 반란을 일으킨 선비들을 죽였지요.

옥황상제는 자청비에게 땅 한 조각과 물 한 조각을 상으로 내리고 하늘나라에서 계속 살라고 했어요. 하지만 자청비는 땅과 물 대신 다섯 가지 곡식의 씨앗을 내려 달라고 했어요.

옥황상제로부터 오곡을 얻은 자청비는 문 도령과 함께 인간 세상으로 내려왔어요. 그리고 농사일을 다스리는 '농경신'이 되었답니다.

농경신 자청비는 착하게 살며 부지런히 농사를 짓는 사람에게는 풍년을 주었어요. 호미로만 농사를 지어도 곳간에 곡식이 가득 쌓이도록 말이에요. 그러나 욕심 많고 어려운 사람을 돌볼 줄 모르는 사람에게는 흉년을 주었어요. 열두 명의 머슴을 부리고 열두 마리 소와 넓은 땅을 가진 큰 부자라도 자청비가 흉년을 내리면 한 톨의 곡식도 거둬들이지 못했대요.

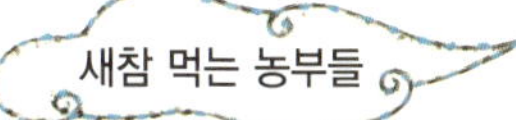

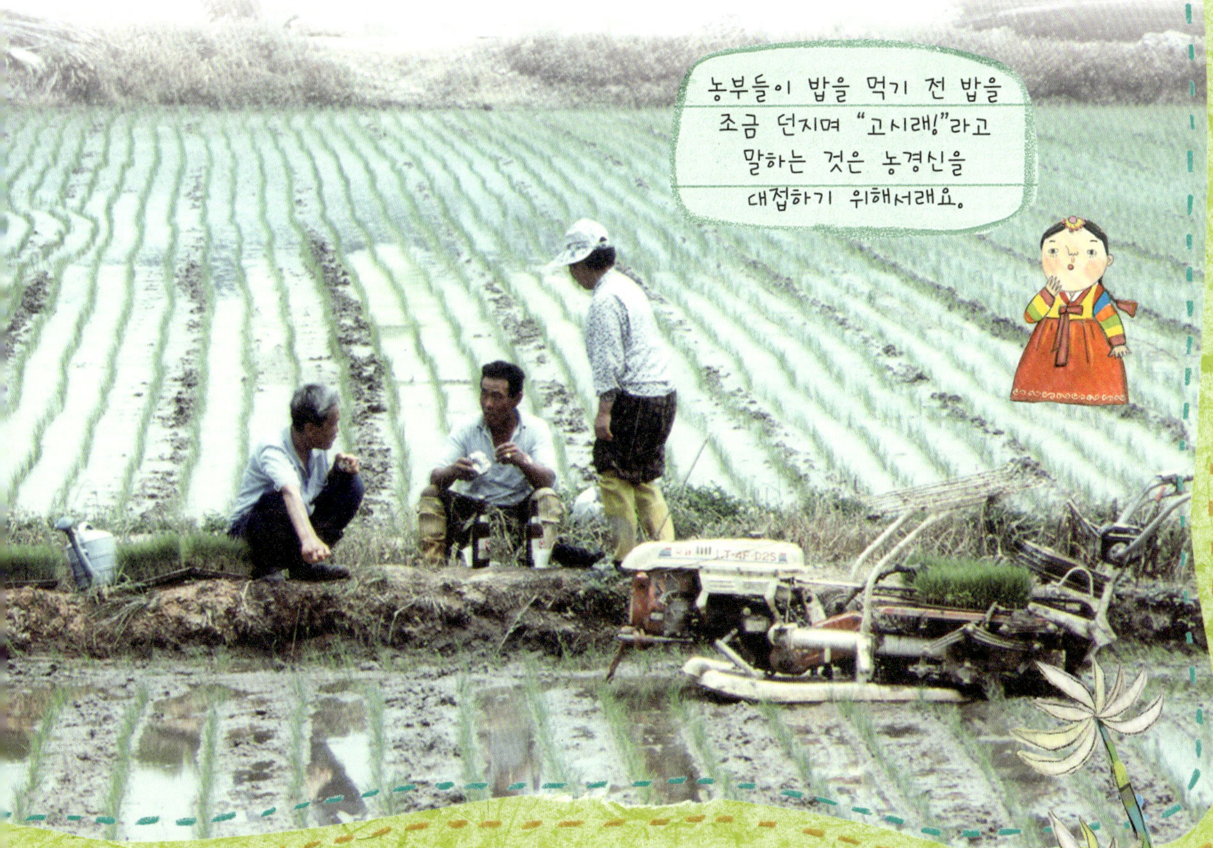

거북과 남생이

옛날에 숙영 선비와 앵연 각시 부부가 있었어. 이 부부는 금실이 아주 좋았는데도 자식이 없었어. 재산은 시간이 갈수록 불어나는데 그토록 바라는 자식은 생기지 않았지.

하루는 날씨가 하도 좋아 숙영 선비가 봄나들이를 나갔을 때였어. 진달래꽃, 철쭉꽃이 활짝 피어 산천초목이 모두 아름답고, 바람은 살랑살랑 부드럽게 불어왔지.

"참 아름답구나."

숙영 선비가 꽃밭을 거니는데, 강남에 갔던 제비들이 지지배배 지저귀며 새끼들을 거느리고 돌아오는 모습이 보였어. 그 모습을 보고 있자니 숙영 선비는 마음 한구석이 허전해졌어.

때마침 어디선가 '까르르, 까르르' 아이의 웃음소리가 들렸어. 숙영 선비는 무심코 고개를 돌려 웃음소리가 나는 곳을 돌아보았어. 그러다 그만 자기도 모르게 눈물을 흘리고 말았지. 봄 햇살이 따듯한 풀밭 구석에서 다 떨어진 옷을 입은 거지가 아이를 안고 어르며 놀고 있는 것이 보였거든.

숙영 선비는 집으로 돌아와 자리에 눕고 말았어. 밥이고 뭐고 다 팽개치고 베갯잇이 젖도록 울기만 했지.

"서방님, 예쁜 꽃들을 보고 와서는 왜 그리십니까?"

앵연 각시가 걱정스레 물었어.

"꽃이 아무리 예쁜들 사람 꽃만 하리오. 온갖 보물이 곳간에 넘친들 그게 다 무슨 소용이겠소. 짐승도 다 제 자식을 키우고, 거지조차 엄마 아빠 소리를 들으며 사는데, 우리는……."

숙영 선비가 말을 잇지 못하고 또다시 눈물을 흘렸어. 그러자 앵연 각시도 눈물을 글썽이며 말했어.

"그럼 우리 삼신할머니께 빌어 봅시다. 듣자니 안애산 금상사라는 절에 가서 정성껏 기도를 드리면 효험이 있다 합니다."

그 뒤 앵연 각시는 금상사에 가서 석 달 열흘 기도를 올렸어. 혹시라도 정성이 부족할세라 몸조심 마음 조심 정성껏 기도를 올렸어. 그리고 가진 재산이 뭐 아까울까 싶어 시주도 듬뿍 했지.

그렇게 백일이 지났어. 앵연 각시의 정성이 삼신할머니를 감동하게 했는지 앵연 각시는 그토록 바라던 아이를 가지게 됐어. 숙영 선비와 앵연 각시는 기쁨에 넘쳐 뱃속의 아이에게 온갖 좋은 글에 좋은 말을 해 주며 건강하게 태어나기를 빌었어. 그리고 열 달 뒤 잘생긴 사내아이를 낳았지.

"세상을 다 준다고 해도 이렇게 좋을까? 너의 귀함을 무엇과 비하리."

숙영 선비는 몹시 기뻐하며 아이를 안았어.

"여보, 이것 좀 보오. 해님이 와서 보곤 울고 가겠소. 얼굴에서 빛이 나오. 달님이 와서 보곤 울고 가겠소. 얼굴이 훤하오."

숙영 선비의 말에 앵연 각시도 행복하게 웃었어.

한데 사흘이 지나도 아이가 눈을 뜨지 않았어. 숙영 선비와 앵연 각시는 초조한 마음으로 아이가 눈을 뜨기를 기다렸어. 하지만 아이는 또 사흘이 지나고 또 사흘이 지나도록 눈을 뜨지 않았어. 아이는 장님이었던 거야.

“하늘도 무심하시지. 그토록 공을 들여 얻은 자식이거늘, 어찌 앞 못 보는 아이를 점지해 주신 거요!”

숙영 선비와 앵연 각시는 땅을 치며 울었어.

숙영 선비와 앵연 각시는 아이의 이름을 거북이라고 짓고 유모에게 맡겼어. 아이를 볼 때마다 마음이 아프고 세상이 원망스러워 자주 안아 주지도 않았지.

하지만 거북은 유모 품에서 무럭무럭 자랐어. 그리고 거북이 세 살이 되었을 때 앵연 각시는 또다시 아이를 가졌어.

“이번에는 부디 건강한 아이를 낳아야 할 텐데…….”

숙영 선비와 앵연 각시는 몸가짐 마음가짐에 더욱 신경을 쓰면서 열 달 동안 태교에 정성을 기울였어. 그리고 열 달이 지나 앵연 각시는 귀여운 사내아이를 낳았어.

“여보, 이 오른쪽 눈 좀 보오. 별처럼 반짝이오. 이 왼쪽 눈 좀 보오. 이슬처럼 반짝이오.”

숙영 선비가 기뻐하며 소리쳤어. 앵연 각시도 반짝이는 아이의 눈을 들여다보며 행복하게 웃었어.

한데 갓 낳은 아이를 목욕시키던 유모가 놀라서 앵연 각시를 불렀어. 앵연 각시와 숙영 선비는 다가가 아이를 자세히 보았어.

아이 등에는 작은 혹이 볼록 돋아 있었고, 다리는 쭈그러진 채
펴지지 않았어. 아이는 꼽추에 앉은뱅이였던 거야.

"내가 전생에 죄를 많이 지었나 봅니다. 한 아이만도 하늘이 무
너지는 터에 두 아이 다 몸이 성치 않다니……."

앵연 각시는 울다 울다 기절을 했어. 숙영 선비도 차마 아이를
바라보지 못하고 눈물을 뚝뚝 흘렸지. 그러고는 아이의 이름을

남생이라고 짓고 유모에게 맡겨 버렸어. 아이를 볼 때마다 마음이 아파 자주 찾아가지도 않았지.

앵연 각시는 날마다 하늘을 원망하며 울었어. 그러다 그만 남생이가 돌도 채 지나지 않았을 때 죽고 말았어. 앵연 각시가 죽고 나자, 숙영 선비도 날마다 하늘을 원망하며 울다 따라서 죽고 말았어.

숙영 선비와 앵연 각시가 죽자 그 많던 재산이 봄눈 녹

듯 사라지고 말았어. 거북과 남생이의 작은 배조차 채울 양식이
없었지.

　하는 수 없이 거북과 남생이는 손을 맞잡고 밥을 얻어먹으러
나갔어. 하지만 성한 사람도 빌어먹기가 쉽지 않은 터에 거북과
남생이는 말할 것도 없었지. 사람들은 거북과 남생이를 보기만
하면 재수가 없다며 쫓아내기 일쑤였어. 그럴 때마다 거북과 남
생이는 남의 집 문간에서 서로 껴안고 울 수밖에 없었어.

그렇게 힘겹게 하루하루를 지내던 어느 날 남생이가 말했어.

"형님, 어머니가 우리를 얻기 위해 안애산 금상사에 가서 백일 불공을 드렸다니, 우리도 그곳에 가서 우리 몸을 낮게 해 달라고 빌어 봅시다."

"그래, 그러자꾸나."

그 길로 거북이 남생이를 업고, 남생이는 길 안내를 하면서 둘은 안애산 금상사에 갔어. 그런데 절 입구에 있는 연못에 앉아 잠시 숨을 고르던 남생이가 소리쳤어.

"형님, 연꽃 사이로 솥뚜껑 같은 금이 떠다니고 있어요!"

그러자 거북이 말했어.

"우리에게 무슨 복이 있어 금이 생기겠느냐! 애초에 우리 것이 아니었으니 못 보았다고 생각하고 그냥 절로 들어가자."

거북과 남생이는 금을 그대로 둔 채 스님에게 가서 공손히 인사를 했어. 그러자 스님은 이미 다 알고 있다는 듯 불목하니를 불러 말했어.

"저 아이들의 부모가 자식을 얻자고 우리 절에 금탑을 쌓았다. 저 아이들을 맞아들여 글공부를 시키고, 하루 세 끼 흰쌀밥을 배불리 먹이거라."

스님의 말에 불목하니는 입이 댓 발이나 나왔어. 지금도 할 일이 태산인데 일거리가 늘었으니 좋을 리가 없었지.

그 뒤로 불목하니는 스님이 안 볼 때마다 거북과 남생이를 때렸어. 그러자 참다 못 한 남생이가 불목하니에게 말했어.

"예전에 우리가 여기 올 때 보니 연못에 금이 떠다니고 있었습니다. 가서 그 금을 건져 가지세요."

그 말에 불목하니는 단숨에 연못으로 달려갔어. 한데 남생이가 말한 금은 간데없고 커다란 구렁이가 똬리를 틀고 불목하니를 잡아먹을 듯 노려보았어.

"네놈들이 이제 나한테 거짓말까지 하느냐?"

그러면서 불목하니는 두 아이를 사정없이 때렸어.

거북과 남생이는 연못으로 가 보았어. 그랬더니 여전히 솥뚜껑 같은 금이 연꽃 사이로 둥둥 떠다니고 있었어.

"형님, 금이 우리 눈에만 보이니, 아마도 우리보고 쓰라는 것 같습니다."

"그런가 보다. 건져 내어 부처님 앞에 가져다 놓자."

두 아이는 금을 건져 내서 부처님 앞에 가져다 놓았어. 그러자 갑자기 절이 움찔움찔 춤을 추는 거야.

“아니, 이게 무슨 일이람!”

모든 사람이 놀라 멍하게 서 있는데, 부처님이 나타났어.

“거북아, 네 눈을 뜨게 해 주마. 남생아, 네 등을 펴 주고 다리도 걷게 해 주마.”

그러자 거북의 닫혔던 눈이 번쩍 떠지고 남생이의 등도 펴졌어. 쪼그라 붙었던 다리도 쭉 펴졌지.

“이 모두가 부처님의 은덕입니다.”

거북과 남생이는 공손히 머리를 조아렸어.

그 뒤 거북과 남생이는 여든 살이 될 때까지 이 세상에서 행복하게 살았어. 그리고 죽어서는 아픈 아이들의 병을 낫게 해 주는 아이들의 신이 되었대.

아이들의 병을 낫게 해 주는 신

우리 조상들은 자식을 낳아 대를 잇는 것을 중요하게 생각했어요. 그래서 만약 아이가 생기지 않으면 삼신할머니에게 아이를 낳게 해 달라고 빌었지요. 삼신할머니는 아이를 갖게 해 주고, 낳게 해 주고, 키워 주는 세 명의 신을 말해요.

또 아이의 백일이나 돌, 명절에는 삼신할머니를 위해 음식을 장만해 정성껏

거북과 남생이

거북과 남생이는 장수 동물이니, 병막이신의 이름으로 안성맞춤이지요.

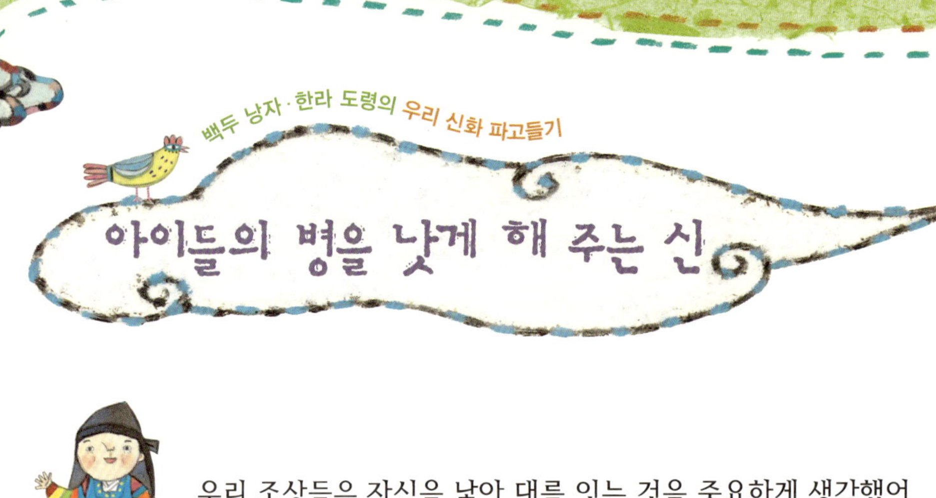

삼신상을 차렸어요. 그리고 아이가 아무 탈 없이 잘 자라기를 빌었지요. 삼신할머니는 보통 아이가 일곱 살이 될 때까지 돌봐 준다고 해요.

　그럼 만약 아이가 병에 걸리면 어떻게 했을까요? 옛날에는 지금처럼 의학이 발달하지 않았고, 병원이나 약국도 드물었어요. 그래서 옛사람들은 아이가 병에 걸리면 '병막이신'에게 병을 낫게 해 달라고 빌었어요. 아픈 아이들을 돌봐 주는 병막이신이 바로 신화 속 주인공인 거북과 남생이지요.

　이들은 맹인과 앉은뱅이로 살다가 부처님의 도움으로 성한 몸이 되었어요. 그래서 아픈 사람의 처지를 누구보다 잘 헤아렸지요. 그래서 거북과 남생이에게 간절히 빌면 이미 든 병은 낫게 해 주고, 앞으로 올 병은 막아주었다고 해요.

　특히 함경남도 함흥에서는 어린아이가 많이 아프면 굿을 하여 아이를 병막이신의 자식으로 바쳤어요. 아마도 아픈 아이를 내 자식처럼 어여삐 여겨 씻은 듯이 병을 낫게 해 달라는 뜻이었겠지요.

　삼신할머니나 병막이신을 섬기는 풍습에는 자손이 대대로 이어지기를 바라던 우리 조상들의 간절한 마음이 담겨 있어요. 또 자식이 병에 걸리지 않고 건강하게 잘 자라기를 바라는 부모님의 깊은 사랑을 느낄 수 있답니다.

칠성신

 옥녀 부인이 결혼을 했어. 한데 결혼을 한 뒤 십 년이 지나도록 아이가 안 생기는 거야. 그래서 부부는 석 달 열흘 동안 부처님에게 정성으로 기도를 올렸어.

얼마 뒤 부부의 정성에 부처님이 감동했는지 옥녀 부인이 아이를 가졌어. 옥녀 부인이 발 아래로 별이 일곱 개가 떨어지는 꿈을 꾸었는데, 그때부터 입덧을 시작한 거야.

옥녀 부인은 열 달 동안 몸가짐을 조심하며 뱃속의 아이가 건강하게 태어나기를 빌었어.

드디어 열 달이 지나 옥녀 부인은 떡두꺼비 같은 아들을 낳았어. 그런데 옥녀 부인이 잠시 숨을 돌리는데 또 아이가 나왔어. 이번에도 아들이었어. 옥녀 부인은 쌍둥이를 낳았나 보다 생각하며 잠시 숨을 돌렸지. 그런데 또 아이가 나오는 거야. 이렇게 계속 옥녀 부인은 아들을 낳고 낳아 모두 일곱을 낳았어.

옥녀 부인이 아들을 낳았다는 말에 칠성님은 몹시 기뻐하며 방으로 들어왔어. 한데 방으로 들어서던 칠성님은 걸음을 뚝 멈추고 말았어.

"부인, 한꺼번에 일곱이라니요! 짐승조차 너무 많다 하겠거늘!

징그럽고 끔찍하여 나는 천하궁으로 돌아가겠소.”

칠성님은 그 길로 하늘로 올라가 또다시 장가를 들었어.

혼자 남겨진 옥녀 부인은 남편도 없이 일곱 아들을 키울 생각
에 눈앞이 캄캄했어. 하지만 일곱 아들은 하루 죽 세 숟가락에
동냥젖을 얻어먹고도 쑥쑥 잘 자랐어. 그리고 어느새 훌쩍 자라
열다섯 살이 되었지.

그러던 어느 봄날, 함께 글공부하던 서당 아이들이 일곱 형제
에게 아비도 없는 놈들이라고 놀렸어. 그러자 일곱 형제는 울며
불며 집으로 돌아와 옥녀 부인에게 말했어.

“동네 아이들이 우리를 아비 없는 자식이라고 놀립니다. 이제
라도 저희는 아버지를 찾아가겠습니다.”

옥녀 부인은 남편을 잃고 홀로 살다 이제 아이들마저 잃는다는
생각에 가슴이 미어졌어. 하지만 아버지를 찾겠다는 아이들을
말릴 수가 없었지. 옥녀 부인은 아버지를 찾아 떠나는 일곱 아들
의 뒷모습을 보며 소리 없이 눈물을 흘렸어.

한편 일곱 형제는 천하궁에 가 아버지를 찾았어.

“아버지, 문안 인사를 드립니다.”

늠름하게 잘 자란 일곱 아들을 보자 칠성님도 예전의

마음이 모두 사라졌는지 버선발로 달려
나와 반갑게 맞이했어.
"아이고, 내 아들들! 어서 오너라!"
칠성님은 그날부터 아들들을 앉혀 놓고 직접
글공부를 가르쳤어. 한데 아들들이 하
나를 가르치면 열을 아니, 칠성님은
글공부 가르치는 재미에 쏙 빠지고
말았어. 그러다 보니 집안은 뒷전이고
새장가를 들어 얻은 부인도 보는 둥 마
는 둥이었지.

그러자 일곱 형제의 새어머니는 머리를 짜냈어. 일곱 형제 때문에 남편의 사랑도 잃고 재산도 거덜나게 생겼다고 생각했거든. 그래서 이웃 마을에 사는 점쟁이와 미리 일을 꾸며 놓고 자리에 드러누웠어.

"아이고, 아파라. 아이고, 아파라. 앞으로 내가 하루를 살지 이틀을 살지 모르겠구나."

새어머니는 온 동네가 떠나가라 소리를 질렀어. 그러자 놀란 칠성님이 뛰어와 물었어.

"아니, 부인! 어디가 어떻게 아프오? 약을 지어다 주리오, 침을 놓아 주리오?"

그러자 미리 와 있던 점쟁이가 말했어.

"약도 침도 모두 소용없습니다. 이 집에 사람 일곱이 새로 들어와서 생긴 병이니, 그 사람들의 창자를 먹어야 병이 낫습니다."

그 말에 칠성님은 하늘이 내려앉고 땅이 꺼지는 것 같았어.

"그게 무슨 말이오? 내 어찌 자식들을 죽인단 말이오!"

"그럼 어쩌겠습니까? 아들들을 죽이지 않으면 대신 부인이 죽을 텐데요."

점쟁이의 말에 칠성신은 눈물을 뚝뚝 흘리며 말했어.

“이를 어쩌리. 곱디고운 내 아들, 귀하디귀한 내 아들!”

그때였어. 소리 없이 방문이 열리더니 일곱 형제가 방으로 들어왔어.

“자식이야 다시 낳을 수 있지만, 부모님은 한번 가면 못 오시니 점쟁이의 말대로 하세요.”

“아이고, 내 불쌍한 아들들아.”

일곱 형제의 말에 칠성님은 목놓아 울었어.

날이 저물자 칠성님은 일곱 형제를 데리고 깊은 산속으로 들어갔어. 그런데 칠성님이 일곱 형제를 죽이려는 찰나에 흰 사슴이 나타나 말했어.

“석 달 열흘 공들여 낳은 자식을 왜 죽이려 합니까? 키워 주지도 못한 자식, 이제라도 듬뿍 사랑해 주지 왜 죽이려 합니까?”

그 말에 칠성님은 또다시 울음을 터뜨리며 사정을 이야기했어. 그러자 사슴이 창자 일곱 개를 내어주며 부인에게 가져다주라고 했어. 그러고는 그 창자를 어찌하는지 몰래 살펴보라고 했지.

흰 사슴 말대로 칠성님은 홀로 산에서 내려와 집으로 갔어. 그러고는 창자를 부인에게 주고는 몰래 밖에서 지켜보았어.

일곱 형제의 새어머니는 창자를 들고 뒤꼍으로 갔어.

새어머니는 창자를 땅에 파묻으며 말했어.

"일곱 형제가 불쌍하기는 하지만 나를 위해서는 어쩔 수 없었다. 부디 다음 생에는 좋은 부모 만나 잘 먹고 잘살아라."

바로 그때, 그 모습을 몰래 지켜보고 있던 칠성님이 나타나 새어머니에게 호통을 쳤어.

"부인! 사람의 모습으로 어찌 그런 흉악한 짓을 할 수 있소! 앞으로는 부끄러워서 밝은 해 아래 살 수 없을 터, 두더지가 되어

평생 어두운 땅속에서 사시오!"

"에구머니나!"

칠성님의 말이 끝나자마자 새어머니는 두더지가 되어 땅속으로 기어들어갔어.

칠성님은 곧바로 일곱 형제와 함께 옥녀 부인을 찾아 나섰어. 그런데 예전에 살던 집에 가 보니 집은 다 쓰러져 가고, 마당엔 잡초만 무성했어.

"여보시오. 이 집에 살던 부인은 어디로 갔소?"

칠성님이 이웃집 사람에게 물었어. 그러자 이웃집 사람이 혀를 끌끌 차며 말했어.

"남편 잃고 자식들마저 아버지를 찾아 떠나자 연못에 빠져 죽었습지요. 쯧쯧."

그 말에 일곱 형제가 목을 놓아 울었어. 칠성님도 눈물을 뚝뚝 떨어뜨리며 울었지.

그때였어. 큰 새가 한 마리 날아와 집 마당에 내려앉았어.

"참 딱하게 되었구려. 큰 소를 한 마리 잡아주면 내가 서천 꽃밭에 가서 사람 살리는 꽃을 구해다 주겠소."

"어머니를 살릴 수만 있다면 무엇을 못하겠습니까."

일곱 형제는 당장 큰 소를 잡아 큰 새에게 주었어. 그러자 큰 새는 큰 소를 한입에 꿀꺽 삼키고는 서천 꽃밭으로 날아갔어.

얼마나 기다렸을까, 큰 새가 꽃을 들고 다시 돌아왔어. 일곱 형제가 얼른 그 꽃을 받아 죽은 어머니 위에 올려놓자 어머니가 기지개를 켜며 다시 살아났어.

"여보, 여보. 그동안 내가 잘못했소. 이제 다시는 떠나지 않을 테니 나를 용서해 주시오."

칠성님의 말에 옥녀 부인이 웃으며 말했어.

"지난 일은 다 잊으세요. 이제 당신도 곁에 있고, 일곱 아들도 함께 있으니 오래오래 행복하게 살아야겠습니다."

칠성님과 옥녀 부인, 그리고 일곱 형제는 천하궁으로 올라가 행복한 나날을 보냈어.

그러던 어느 날, 일곱 형제가 칠성님과 옥녀 부인에게 나아가 말했어.

"어머니와 아버지가 다시 만나 행복하게 사시니, 우리는 더 바랄 게 없습니다. 그래서 이제 저희는 칠성으로 가서 저희 일을 하며 살겠습니다."

"오냐, 오냐, 내 아들들아. 북두칠성, 남두칠성, 서두칠성, 동두칠성으로 모두 가거라. 가서 오래도록 행복하게 잘살거라."

칠성님은 일곱 아들에게 축복을 내려 주었어.

이렇게 일곱 아들을 칠성으로 보낸 뒤, 칠성님과 옥녀 부인은 각자 견우성과 직녀성이 되어 밤하늘을 아름답게 수놓으며 오래도록 행복하게 잘살았대.

수명장수를 다스리는 신

옛날 우리 어머니들은 가족들이 오래오래 잘살게 해 달라고 이른 새벽부터 깨끗한 우물물을 길어와 한 그릇 떠다 놓고 칠성신에게 기도를 드렸어요. 또 자식이 큰일을 앞두고 있거나 집안에 무슨 일이 있을 때에도 칠성신에게 일을 잘 풀어달라고 빌었지요.

이렇게 옛사람들이 칠성신에게 정성을 다해 빌었던 이유는 인간의 생명은 삼신할머니가 주지만, 수명장수를 다스리고 길흉화복을 내려주는 것은 칠성신이라고 믿었기 때문이에요.

칠성신 이야기는 전라도, 제주도 등 여러 지방에서 전해오고 있어요. 또 옛사람들이 남긴 유적을 보면 우리 민족이 칠성신, 즉 북두칠성을 오랜 기간 섬겨 왔다는 것을 알 수 있어요. 고조선 때의 무덤인 고인돌 중에는 무덤 뚜껑으로 덮은 덮개돌 위에 북두칠성이 새겨져 있거든요.

고구려나 고려 시대 무덤 속 벽화에도 북두칠성이 그려져 있어요. 또 조선 시대 관에는 북두칠성이 그려진 칠성판을 바닥에 깔았는데, 칠성판 위에 누워야 염라대왕을 통과해 칠성님 품으로 무사히 돌아갈 수 있다고 믿어서래요.

칠성신은 각각 복을 주거나 재앙을 주는 일, 권세와 출세를 다스리는 일, 전쟁의 승패를 좌우하는 일, 인간의 수명을 결정하는 일 등을 했는데, 맡은 역할이 많은 만큼 우리 생활과 관련이 깊었지요.

그래서 우리 조상들은 집안 여기저기는 물론 마을 곳곳에 칠성신을 모셨어요. 우물가에도, 장독대에도, 깊은 산속 바위에도 칠성신을 모시고 소원을 빌었지요. 우리 신화 속에는 여러 신이 등장하지만, 아마 칠성신만큼 우리 생활 가까이에 있는 신도 없을 거예요.

칠성신 민속화

부록
교과가 튼튼해지는
우리 것 우리 얘기

세상과 자연에 대한 궁금증을 신비로운 이야기로 풀어낸 우리 신화 이야기, 잘 읽어 보셨나요?

신화 속에는 처음 아무것도 없던 우주에서 하늘과 땅이 생기고, 밤과 낮이 생기고, 산과 바다가 생기고, 사람과 나라가 생기게 된 재미있고 신기한 사연들이 가득 담겨 있어요.

그럼 우리나라를 비롯한 동양의 여러 나라에서 전해 내려오는 신화를 조금 더 만나 볼까요?

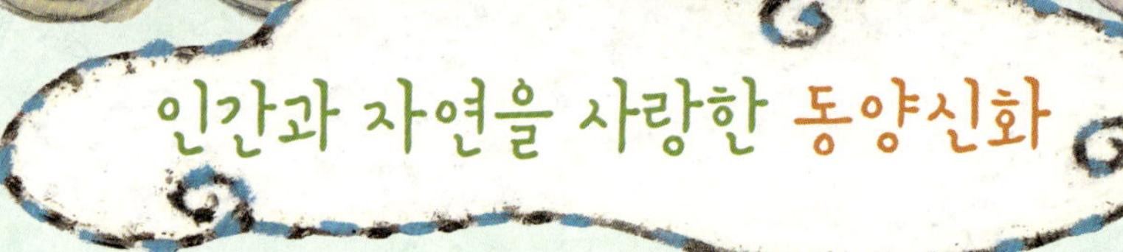
인간과 자연을 사랑한 동양신화

우리나라를 비롯한 중국, 일본, 인도와 같은 동양의 나라에서 전해 내려오는 재미난 신화를 만나 보아요.

알에서 태어나 고구려를 세운 주몽

물의 신 하백은 자신의 딸 유화가 천제의 아들인 해모수와 사랑에 빠지자 화가 나서 유화를 우발수라는 호수에 가두었어요. 그 뒤로 우발수에서 고기가 잡히지 않자, 부여의 금와왕은 호수 속에 있는 것들을 모두 건져 올리게 했지요. 바로 그 그물에 유화가 걸려 나왔어요. 금와왕은 유화를 궁으로 데려와 잘 곳을 마련해 주었지요.

그러던 어느 날 햇빛이 유화의 몸을 비추더니 유화가 임신을 하였어요. 그리고 얼마 뒤 겨드랑이로 알을 낳았지요. 이를 불길하게 생각한 금와왕은 알을 마구간에 버렸는데, 말들이 알을 보호해 주었어요. 또 알을 길에 버렸더니 짐승들이 피해 가고, 숲에 버렸더니 새들이 날아와 날개로 덮어주었지요.

할 수 없이 알을 유화에게 돌려주었더니 곧 알을 깨고 한 사내아이가 태어났어요. 그 아이가 바로 고구려의 시조 주몽이에요. 주몽은 활쏘기를 매우 잘하고 비범하여 뒷날 고구려를 세운 동명성왕이 되었답니다.

북한에 있는 동명왕릉

용감한 용견, 반호왕이 되다

고신왕에게는 용의 얼굴을 하고 몸에는 24개의 얼룩무늬가 있는 '용견'이라는 개가 있었어요. 용견은 항상 고신왕 곁에 머물며 주인을 지켰지요.

어느 날 이웃 나라의 번왕이 나라를 공격해왔어요. 고신왕은 번왕을 물리치는 자에게 세 딸 중 한 사람을 주겠다고 약속했지요. 그 말을 들은 용견이 몰래 이웃 나라에 들어가 번왕을 죽이고 돌아왔고, 고신왕은 약속대로 용견과 막내딸을 결혼시켰지요.

그런데 용견은 낮에는 개의 모습을 하고 있었지만 밤에는 늠름한 청년으로 변했어요. 이 사실을 알게 된 고신왕은 용견에게 완전한 사람이 되면 남경 십보전의 왕이 되게 해주겠다고 했어요. 용견은 아내에게 자신을 찜바구니 속에 넣고 7일 낮 7일 밤을 찌면 몸의 털이 떨어져 사람이 될 수 있다고 말했어요. 대신 7일이 지나기 전에는 절대 찜바구니를 열지 말라고 당부했지요.

용견을 찐 지 6일째 되던 밤, 남편이 걱정된 아내가 찜바구니 뚜껑을 살짝 열어보았더니 용견이 정말로 사람으로 변해 있었어요. 하지만 도중에 뚜껑을 여는 바람에 머리와 겨드랑이, 그리고 두 다리 사이에 털이 남게 되었지요.

사람이 된 용견은 남경 십보전의 반호왕이 되어 6남 6녀를 낳고 행복하게 살았다고 해요.

중국 야오족

죽은 아내를 찾아간 이자나기

하늘의 신이 세상을 만들기 위해 '이자나기'라는 남자 신과 '이자니미'라는 여자 신을 하늘 아래로 내려보냈어요. 둘은 세상을 만들다가 사랑에 빠졌고, 혼슈와 규슈 같은 일본의 섬들과 폭포, 산 등 여러 가지 아름다운 자연을 낳았어요. 또 바다의 신, 바람의 신, 산의 신 등 여러 신도 낳았지요.

그런데 이자나미가 불의 신을 낳다가 그만 몸이 데여 죽고 말았어요. 죽은 아내가 그리웠던 이자나기는 밤의 나라로 아내를 찾아갔어요. 하지만 썩고 있는 아내의 몸을 보고 겁이나 도망쳐 버렸지요.

그런 남편의 모습에 화가 난 이자나미가 말했어요.

"당신이 계속 도망친다면, 나는 매일 천 명의 사람을 죽일 거예요."

그러자 이자나기가 대답했어요.

"그렇다면 나는 매일 천오백 명의 사람이 새로 태어나도록 하겠소."

그 뒤로 인간 세상에서는 매일 천 명이 죽고 천오백 명이 태어나게 되었다고 해요.

이자나기와 이자나미

일본 혼슈의 산

고대 인도의 대서사시 라마야나

라마야나 무용극

코살라 왕국의 왕 다사라타에게는 '라마'라는 아들이 있었어요. 지혜롭고 용감한 라마는 비데하 왕국의 딸 시타를 아내로 맞았지요. 하지만 라마를 시기한 서모(아버지의 첩)의 계략으로 라마와 시타는 왕국에서 쫓겨나 숲 속에서 살아야 했어요.

그러던 어느 날 시타의 아름다움에 반한 마왕 라바나가 시타를 납치해 갔어요. 라마는 시타를 구하러 험난한 모험을 떠났지요.

모험 중에 라마는 원숭이들의 왕 수그리바를 만나 힘을 합치고, 수그리바의 충직한 신하 하누마트 장군의 도움으로 마침내 라바나를 물리쳐 시타를 구해냈어요.

라마와 시타는 그렇게 14년의 방랑 생활을 끝내고 고향인 코살라 왕국으로 무사히 돌아왔어요. 그리고 라마는 코살라 왕국의 왕이 되었답니다.

〈오십 빛깔 우리 것 우리 얘기〉 시리즈
권별 교과 연계표

국 국어 사 사회 과 과학 도 도덕 음 음악 미 미술
체 체육 실 실과 바 바른 생활 슬 슬기로운 생활 즐 즐거운 생활

- 신 나는 열두 달 명절 이야기　사 3-2　사 5-1　사 5-2　슬 1-2
- 관혼상제 재미있는 옛날 풍습　국 1-2　국 4-1　사 3-2　사 5-2
- 조상들은 어떤 도구를 썼을까　국 2-2　사 3-1　사 5-1　사 5-2
- 옛날엔 이런 직업이 있었대요　국 5-1　국 6-2　사 3-1　사 4-2
- 꼭 가 보고 싶은 역사 유적지　국 4-1　국 4-2　사 6-1　사 6-2
- 신토불이 우리 음식　국 3-1　사 3-1　사 5-1　사 6-2
- 어깨동무 즐거운 우리 놀이　국 4-1　사 5-2　체 4　즐 2-2
- 나라를 다스린 법 백성을 위한 제도　사 3-2　사 4-1　사 6-1　사 6-2
- 하늘을 감동시킨 효자 이야기　도 3-1　도 5　바 1-1　바 2-2
- 오천 년 지혜 담긴 건물 이야기　국 4-1　국 4-2　사 5-1　사 5-2
- 세계가 놀란 발명 이야기　국 3-1　국 5-2　사 3-1　사 5-2
- 빛나는 보물 우리 사찰　국 4-1　사 6-2　바 2-2
- 나라의 자랑 국보 이야기　국 5-2　사 6-1　사 6-2　바 2-2
- 나라를 지킨 호랑이 장군들　국 4-2　국 6-1　사 6-1　바 2-2
- 오천 년 우리 도읍지　국 4-1　사 5-2　사 6-1
- 하늘이 내린 시조 임금님들　국 6-2　사 5-2　사 6-1　바 2-2
- 옛날 관청과 공공시설　사 3-1　사 3-2　사 6-1　사 6-2
- 옛사람들의 우정 이야기　국 4-1　국 6-2　도 3-1　바 1-1
- 얼쑤 흥겨운 가락 신 나는 춤　국 6-1　국 6-2　사 3-1　음 3
- 아름다운 독도와 우리 섬　국 2-1　국 4-1　국 5-2　사 4-1
- 오천 년 우리 강 이야기　사 3-2　사 5-1

오십 빛깔 우리 것 우리 얘기 39

이야기가 술술 우리 신화

초판 1쇄 인쇄 | 2011년 10월 10일
초판 1쇄 발행 | 2011년 10월 17일

글쓴이 | 우리누리
그린이 | 김미정

발행인 | 김우석
편집장 | 신수진
책임 편집 | 이정은
편집 | 박경화, 최은정
마케팅 | 공태훈, 김동현, 이진규

디자인 | 디자인 뭉클
인쇄 | 성전기획

발행처 | 중앙북스
등록 | 2007년 2월 13일 제 2-4561호
주소 | (100-732) 서울시 중구 순화동 2-6번지
편집문의 | (02)2000-6324
구입문의 | 1588-0950
팩스 | (02)2000-6174
홈페이지 | www.joongangbooks.co.kr

ⓒ 우리누리 2011

ISBN 978-89-278-0140-5 14800
      978-89-278-0092-7 14800(세트)

이 책은 중앙북스(주)가 저작권자와의 계약에 따라 발행한 것이므로
이 책 내용의 일부 또는 전부를 이용하려면 반드시 중앙북스(주)의 서면 동의를 받아야 합니다.

• 많은 사람이 최선을 다해 만든 책입니다.
  그러나 혹시라도 잘못된 내용이 있으면 편집부로 연락바랍니다.
• 잘못 만들어진 책은 구입하신 서점에서 교환해 드립니다.
• 주니어 중앙은 중앙북스의 어린이 책 브랜드입니다.

* 주니어중앙 카페에서 이 책과 관련된 독후활동 자료를 무료로 다운 받으실 수 있습니다.
  http://cafe.naver.com/jbookskid